KB116130

한국문인협회 시분과 사화집

한국시인 출세작 1

韓國文人協會 · 청어

한국시인 출세작 1

축 사

시문학사의 금자탑

- 문효치(한국문인협회 이사장)

한국문인협회 시분과에서 협회 사상 처음으로 시인들의 '등단시' 사화집인 『한국시인 출세작 1』을 발간하게 된 것을 대단히 기쁘게 생각합니다.

등단시는 잘 아시다시피 한 문학도가 우리 문단에 첫발을 내딛게 된 작품입니다. 다시 말하자면 한 사람의 아마추어가 한 사람의 기성시인으로서 문단과 세상에 알리는 최초의 신선한 목소리입니다. 그러므로 등단시는 시인 개인으로나 문학사적으로나 대단히 중요한 작품이 아닐 수 없습니다.

이런 중요한 시들을 한자리에 모은다는 것은 그 자체만으로도 큰 문학적 의의를 지닌 일이 아닐 수 없습니다. 이 사화집이 시인들의 작품 연구를 위한 하나의 출발점으로서의 가치와 살아있는 현대 시문학사의 역할을 함께 겸하고 있다는 점에서 그 중요성은 더욱 큽니다.

시인들의 등단시와 그 이후의 작품들을 비교해보는 것 또한 매우 뜻있는 일일 것입니다. 어떤 시인은 초기의 등단작이 대표작이 되는 경우가 있고, 또 어떤 시인은 중기의 작품이, 혹은 말기에 발표한 작품이 대표작이 되는 경우도 있기 때문입니다.

여러 시인의 작품 변모 과정을 파악할 수 있는 최초의 실마리가 등단시이므로 그 의미는 아무리 강조해도 지나치지 않을 것입니다.

그 어떤 일도 출발이 대단히 중요합니다. '시작이 반이다' 라는 말도 있지요. 이번의 『한국시인 출세작 1』은 말하자면 그 첫걸음마라고 할 수 있습니다.

앞으로 참여시인들이 더욱 많아지고 그에 따라 작품도 더욱 다양해지면서 『한국시인 출세작 1』이 우리 한국 시문학사에 빛나는 훌륭한 금자탑 중의 하나가 되기를 빌어 마지않습니다.

발간사

특별한 문화적 사건

– 정성수(한국문인협회 시분과 회장)

우리 한국문인협회에서 시인들의 등단작인『한국시인 출세작 1』을 단행본으로 출간하게 된 것은 우리 시인들이나 독자들이 모두 함께 경하해야 할 특별한 문화적 사건 중의 하나입니다. 왜냐하면 이 특별기획은 한 시인이 문단 혹은 세상에 자신의 문학적 탄생을 알려준 첫 작품으로서 문학사적으로나 시인 개인으로나 대단히 소중하고 귀한 의미를 지니고 있기 때문입니다.

더구나 이렇게 많은 시인들이 참여한 '등단시' 특별기획은 우리 '한국문인협회' 는 물론 대한민국 문학사상 최초의 일로 기억되기 때문에 더욱 그렇습니다.

처음에는 한국문인협회의 신진시인들을 격려하고 응원하는 차원에서 등단 10년 이내의 시인들에게 참여자격을 주도록 기획되었습니다만 등단한 지 10년이 넘은 시인들에게도 참여자격을 달라는 시인들의 요구가 적지 않아서 결국 원고 마감을 앞두고 등단 10년의 자격제한을 없애게 되었습니다.

그에 따라 등단한 지 10년이 넘은 시인들과 함께 일부 중진 원로급 시인들까지 이 기획에 참여하게 되었습니다. 그러나 전체적으로 볼 때 신진시인들이 주류를 이루고 있어서 당초의 기획의도는 그대로 살아있게 되었습니다.

'첫술에 배부를 수 없다' 는 말이 있지요. 『한국시인 출세작 1』이 이번 출발을 계기로 하여 앞으로 내용을 보완, 더욱 충실하고 뜻있는 단행본으로 발전해나가기를 빕니다.

이 기획이 또 하나의 역동적인 한국 시문학사가 되도록 한국문인협회 시인 여러분의 지속적인 관심과 참여를 부탁드립니다.

특히 편집 실무에 여러 가지 수고를 아끼지 않은 임애월 편집위원에게 감사의 뜻을 전합니다. 이 기획에 참여해주신 시인 여러분에게도 감사의 말씀을 드립니다.

차 례 (가나다순)

한국시인
출세작 1

한국시인
출세작 1

135_ 안중태 | 아내
136_ 안치수 | 저기 파란 하늘이
137_ 안효진 | 알고 있나요 당신은
138_ 양왕용 | 갈라지는 바다
140_ 양윤덕 | 귀가 낮아진다
142_ 양채운 | 다림질
143_ 엄영란 | 달의 동냥
144_ 여학구 | 뭉게구름
145_ 오무임 | 사과를 깎으며
146_ 오선장 | 알아요
147_ 우태훈 | 선물
148_ 유순자 | 보석
149_ 유영호 | 인력시장
150_ 유회숙 | 액자
151_ 윤인환 | 달
152_ 윤재학 | 붉은 병동 담쟁이넝쿨
153_ 음양희 | 사랑의 뒤안길
154_ 이경옥 | 운무를 그리는 화가
155_ 이계순 | 무화과나무
156_ 이광식 | 봄볕
157_ 이근숙 | 전자레인지
158_ 이내무 | 모국어(母國語)
159_ 이돈희 | 솔개의 눈
160_ 이말용 | 고향에 가면
161_ 이병두 | 길섶의 찻집
162_ 이병호 | 론 사이프레스
163_ 이상현 | 바다에 잠긴 별
165_ 이성남 | 서대문 101번지
166_ 이성이 | 어떤 사랑에 대해
167_ 이수정 | 저무는 산문(山門)에서–먼저 가신 그이에게
168_ 이수찬 | 그때 그 시절의 기억
169_ 이승남 | 배꽃 아파트
170_ 이옥천 | 책갈피 속 단풍잎 하나
171_ 이옥희 | 고향의 봄
172_ 이용호 | 찻잔 속의 내 얼굴
173_ 이운선 | 사별곡

한국시인
출세작 1

212_ 정진덕 | 그리고 어느 날
213_ 정형석 | 웃음–서산 마애삼존불상을 보며
214_ 조경화 | 가을에 부치는 편지
215_ 조규화 | 사부곡(思父曲)–영원을 만지는 불덩어리
216_ 조종명 | 구례 산수유
217_ 조한석 | 몸의 추억
218_ 조환국 | 구례에서 칠불사
219_ 주광현 | 풍경
220_ 주영선 | 사랑
221_ 주영애 | 진달래
222_ 주원규 | 다시 절두산(切頭山)에서
224_ 주창렬 | 옥잠화
225_ 채 린 | 곰팡이 꽃
226_ 채수영 | 오르페우스의 거울
228_ 최경숙 | 남강(南江)에서
229_ 최상준 | 가을
230_ 최상화 | 구절초
231_ 최애자 | 바다와 사람
232_ 최정수 | 차 한 잔
233_ 최창재 | 가로등
234_ 최현희 | 속이 들어차다
235_ 편효성 | 풍장(風葬)
236_ 한길수 | 손자들
237_ 한승민 | 고독
238_ 허말임 | 봄비
239_ 허혜자 | 봉황이 노는 승산마을
240_ 허회식 | 편지
241_ 현용식 | 거울 앞에서
242_ 홍기연 | 까치집
243_ 홍중기 | 가을
244_ 황문식 | 고향집
245_ 황진주 | 모시밭
246_ 황현동 | 연가
247_ 효 향 | 산사의 아침

한국시인 출세작 1

네온사인

가영심

1975년 《시문학》 등단.

시집 『들꽃들의 소리』 등.

한국현대시협상 등 수상.

국제펜클럽 한국본부 이사, 한국현대시인협회 지도위원, 한국문인협회 자문위원, 한국기독교문인협회 부회장, 한국여성문학인회 이사, 계간 《시선》 편집자문위원.

내 손은
지금
시뻘건 소망을 불 켜고 있다
시퍼런 절망도 불 켜고 있다

바람이
빌딩 그물에 걸려
우울한 서정의 깊이를
계량하고 있는 도시

빛바랜 서러움으로
고요가 알몸처럼 누워 있는 하늘

조심스레 거두어온
하루의 기도가 음악이 되어
어둠을 타고 있는
거리에서

내 손은
한밤 내
저 허전한 꽃들을 모두어
갈증의 바다에다
무수히 던져간다

불국(佛國)

꿈을 잇듯 능선을 끼고 도는 불국(佛國)의 절정 밤새 길 잃은 별 하나 다복솔 아래 맑고 고운 영혼의 그림자를 드리우면 깎아지른 벼랑을 안고 그윽이 머금은 마애불의 미소 천년 잠을 털고 손을 내밀어 한 송이 반야(般若)의 꽃을 피워올린다

잎새마다 물이 드는 산새들의 독경 소리 앞서거니 뒤서거니 산여울 굽이돌아 열병처럼 번져나고 아스라이 떠오르는 연화(蓮花)의 그림자 위로 가사장삼 펄럭이며 하산하는 삿된 마음 오늘은 내 편력의 뜰에 살아 청태 낀 시간의 강을 텀벙대며 지나는 길, 꽃이 이울어도 남아 감도는, 아— 이곳이 바로 깨달음의 성채(城砦)였나 보다

오르면 오를수록 깊어지던 번뇌의 불길, 부딪고 깨어져도 발목 잡힌 세월 한 자락 저만치 밀쳐두고 오늘은 산 하나 가슴에 품어 부처로 앉고 싶다

강민수

1999년 《월간문학》 등단.

시집 『메아리』 등.

신라문학대상 등 수상.

한국문인협회 회원.

아버지와 대청마루

강별모

2010년 《월간문학》 등단.

한국문화원 주최 창작시공모전 은상 수상.

한국문인협회 회원.

햇살이 도톰해지기 시작하면 아버지의 하루 일과는
대청마루에서 시작된다

우리아버지는 몇 가지 연장만 있으면 어떤 작품이던 만들어
냈다
소나를 켜서 대패질해 옻칠한 널로 대청마루를 놓았다
붉은 무늬 구름 되어 떠다니고 알싸한 솔향기가 집안을 덮
는다

아버지는 언젠가 자식들이 둥지 떠날 때를 생각해두었는지
가족들의 얼굴과 조각해놓았다
지독한 홍역을 앓다 죽은 자식을 안고 애끓어하던 어머니의
얼굴도
셋째 형이 고급 공무원시험에 합격해 동네잔치를 베풀었던
풍경도
내가 어쩌다 우등상장을 받아오는 날이면 대견하여 안아
주시던 모습도
새겨놓았다

까치 부부가 찾아든 뒤란 감나무 봄맞이로 분주하고
목련화 라일락 솔향기 어우러진 대청마루 햇볕 들기 시작하면
소나무 의자에 앉아 성경 읽는 아버지의 목소리
바람 타고 개나리 울을 넘는다
먼저 간 자식의 얼굴을 어루만지며
서리서리 맺힌 사연을 풀어내다 보면
어느덧, 바지랑대 노을이 걸린다

백수를 바라보는 아버지 서둘러 황혼의 길을 가듯
대청마루 나이테도 시커멓게 타들어가고 있다

오이도 가는 길

강외숙

2009년 《시민신문》 신춘문예 등단.

시집 『내 영혼의 초록쉼표』.

이은상문학상 등 수상.

KBS 드라마작가, 한국방송개발원방송소재연구원 역임, 《문예사조》 문인협회 부회장, 계간 《문예》 작가회 기획위원.

가슴 가득 밀물이 차오르면
일렁이는 물살을 비우러 바다에 갔다
더는 외롭지도 않고
더는 울지도 않는
나를 비우러 바다에 갔다

바다로 가는 길은 언제나 멀었다
알 수 없는 표정의 도시를 지나면
들불이 너울너울 바람과 몸을 섞고
더러는 여윈 억새가 숨죽여 울기도 했다
퉁퉁 부은 낮 달은
누운 어머니 얼굴로 따라오고 있었다

오이도 종점
횟집 사내가 그의 바다를 외칠 때
가랑잎처럼 마른 노인의 등짐 위엔
어둠이 기어 다니고 있었다

길은 있었고
길은 없었다

끝내 닿을 수 없는 섬 하나
오래오래 흔들리고 있었다

선대(先代)의 마음 길

아름답고 고귀한 품체
선대님들이 정성 다해 기르신 이 한 그루의 고목
자라 온 세월 물으니
새들이 대답하고 귀뚜라미가 대답해 알 수 없어라

여름이면 청산 지어 그늘지고
겨울이면 청산 헐어 햇살 받아
쉬어가는 나그네 은덕 기리고
남녀노소 희로애락에 달이 떠
선대님들 한마음 체 바라보니
후손들이 정다운 이야기 즐거워
너울너울 부채질
선대의 마음 길이네

흐르는 세월에 내 몸도 선대가 되니
부모님 섬기는 마음 행은
선대님들이 한 그루 심으신 미덕의 마음이어라

강용숙

2014년 《문예비전》 등단.

제13회 대한민국 환경창조 경영대상 수상.

한국문인협회, 한국음악저작권협회 회원, 한국불교청소년문화진흥원 이사.

바람도 어둠도

강정화

1985년 《시문학》 등단.

시집 『대낮의 허깨비』 등.

시문학상, 한국시문학상 등 수상.

한국문인협회 인권옹호위원, 국제펜클럽 한국본부 이사, 한국현대시인협회 부이사장, 한국시문학아카데미 이사.

잔잔한 강둑에
회오리를 일으키며 당신은 왔습니다
키 작은 풀잎은 땅바닥에서 떨고
나무는 소리치며 잠잠하려 했습니다
눈부시던 강가에
월담하는 도둑처럼 훌쩍 넘어
사랑하는 님의 얼굴 보지 못하게
어둠이 나의 오감을 무디게 했습니다

바람도 어둠도
벌판에서 우리를 가로막지만
당신의 한 번의 입맞춤으로
나의 귀뿌리를 뜨거웁게 했습니다
방패가 있어도 막지 못하는 바람
횃불이 있어도 밝힐 수 없는 어둠을
걷어가게 할 수 있는 것은
오직 당신의 뜨거운 포옹만인 것을……
우리 벌판에서 들불처럼 타오릅시다

산에 가서

나이 스물을 넘어 내 오른 산길은
내 키에 몇 자는 넉넉히도 더 자란
솔숲에 나 있었다

어느 해 여름이던가,
소고삐 쥔 손의 땀만큼 씹어낸 망개열매 신물이
이 길가 산풀에 취한 내 어린 미소의 보조개에 괴어서,

해 기운 오후에 이미 하늘 구름에
가 영 안 오는
맘의 한 술잔에 가득 가득히 넘친 때 있었나니,

내려다보아, 매가 도는 허공의 길 멀리에
때 알아, 배먹은 새댁의 앞치마 두르듯
연기가 산빛 응달 가장자리에 초가를 덮을 때
또 내려가곤 했던 그 산길은
내 키에 몇 자는 넉넉히도 더 자란
솔숲에 나 있었다

강희근

1965년 《서울신문》 신춘문예 등단.

시집 『연기 및 일기』 『바다 한 시간쯤』 『우리들의 새벽』 『그러니까』 등.

조연현문학상, 김삿갓문학상 등 수상.

한국문인협회 부이사장, 경상대 명예교수.

야생화 1

고광수

1999년 《한맥문학》 등단.

시집 『산과 바람의 동행』 등.

한국문인협회 회원, 한국문인협회 문화(숲)개발위원, 한민족평화통일촉진문인협회 운영이사.

날마다 떠도는 산야에
불러도 대답 없는 메아리로
머물더니

꿈을 보듬고 한세월 누웠다가
문득 일어나
제 몸을 붉히고는 수줍은 듯 미소 한 입
까르르 못 참아 종내 웃음보 터뜨리고

향기로 돌아앉은 침묵 속에 고요
그대였구나
가지마다 아쉬운 듯 쉬어 넘는
구름 나그네

끝내 붙잡아두지 못하고
못다 한 말 전하지 못해
아직도 떠나지 못하는 삶

귀천정(歸天亭)

보여지려던 바람 소리
국화 한 단에 끼워 팔고
란분 하나 단장하여 벌 나비
덤으로 얹어주는 약산 길섶 작은 화원

영묘(靈妙)한 마임이
나를 취하여 머무는 이집을
귀천정이라 이름하여
해암(海巖)에 돋아 무한자유 갈망하다
창공에 홀린 야생화처럼
나, 초록 그 꽃에 몸 비벼는 한 마리 나비로 머물다가

그날이 오면
개나리* 부시는 줄지어 서서
님 기다리는
길 따라 피는 아지랑이 벗하여 하늘로 가리라

그날이 오면
달님이 쉬어 지나는
그곳 어느 길섶
작은 정자 연못가에
한 송이 영월화(迎月化)로 피어 달을 사귀리라

구권자

2006년 《문학21》 등단.
한국문인협회 회원.

*
개나리꽃 중에서 가장 아름다운 꽃을 피우는 품종은 한반도가 자생지인 토종 개나리이다. 함께 핀 모습이 꽃 중의 꽃이라 하여 golden bell 이라 불리고 있으나 아쉽게도 수컷이 멸종 되었으나 그 연대와 원인은 밝혀진 바 없다.

못

구대현

2009년 《시인정신》 등단.

한국문인협회, 글샘시 동인, 양평문인협회 부회장, 황순원문학관 운영위원회 간사.

힘줄도 없이 한 점 살점도 없이
천형(天刑)처럼 감추지도 못하는 알몸으로
겨우겨우 남의 살 속에 묻혀
침묵으로 견디고
끊임없이 구부러지고 부러지는 연명 속에서
화석처럼 남겨지는 생채기
이천 년 전 광야에서 메시아란 분도 만나고
수많은 장이들의 손으로
역사의 장 속에 활자처럼 박혀있다
스스로 한 걸음 떼지 못하는
마치 박히면 전봇대마냥
세월을 지고 기다릴 뿐이지만
어느 날이면 나는 흔적도 없이
이 문명에서 떠날 것이다
철심으로의 소명을 마치고 나면
아니,
움직임 없는 자유에서
벗어나게 되면……

컴퓨터는 나의 친구

너는 내 친구
영특하기도 하다

모르는 것 빼놓고 다 알고 있는
내 친구야

묻는 것 시키는 것 모두
가르쳐주는 척척 박사야

이 말은 비밀이지만
나는 아내보다 네가 더 좋다

너는 밤늦게라도 같이 즐겨주는
친구 중의 친구가 아니냐

이제 자정이 되었구나
너도 자고 나도 자자

구도선

2008년 《서울문학》 등단.

한국사진작가협회 하동지부장 역임, 실버넷뉴스 사진부 기자, 한국문인협회 회원, 서울문학문인회 운영이사.

찢어지는 시간에 대하여

구이람(구명숙)

1999년 《시문학》 등단.

시집 『그 여자 몇 가마의 쌀 씻어 밥을 지어왔을까』 등.

교과부장관상, 만해 '님' 시인상 수상.

일본 소카대학 교환교수, 와세다대학 방문교수, 한국여성문학학회 회장, 한국양성평등교육진흥원 이사장. 숙명여대 한국어문학부 교수.

빈 그네
가랑잎 데불고 온 바람이
추락한다

새벽 푸른 숲길을 걷는 젊음이
신선한 충격을 던질 때
벤치의 그녀가
우리 찢어지자고 말할 때
싸늘하게 찢어지는 구름을 보며
추억 속으로 침몰하다

모두들 흩어져 가는데
바람은 어쩌자고 또 찢어지는지
꿈, 환희, 그리움, 축배의 나날들
갈기갈기 뜯어낸다

천길 허공 속 어지러워도
두 손 놓지 않는 그네
세상 일 멋에 취해 사는 사람아!
끝내 비틀거리지 않는 걸음을 보라

물방울이 바다가 되기까지
찢어지는 시간은 말이 없다

보들레르의 축복

다리를 꼬고 팔을 뒤로 손바닥과 손가락을 깍지 끼어 젖히고 낡은 소파에 앉아 시작을 꿈꾸는 그대 보들레르마냥 축복해 주고 싶구나. 음울의 경지에 그의 시(詩)가 있으니 다들 동감하리라 두 눈이 감기고 만성 피로를 느끼는 커피를 마시고 난 뒤 술도 마시며 음울의 경지에 오르면 시인(詩人)마냥 북도 챔버린도 음악도 없는 영구차가 느릿느릿하게 자기를 죽음으로 내몬다고 한다 그대로 잠들지 못하고 아마 보들레르의 음울의 경지로 가는구나 눈두덩이가 열나고 몸살로 더 이상 눈을 감을 수 도 없고 권태에 휩싸여 음울의 세상으로 고독하게 가는 것이 한 시야에서 끝나는구나
거기서 음울이 탄생하는구나 낡은 소파에 앉아 이러지도 못하고 저러지도 못하고 시인(詩人)의 자세로 앉아 있구나 권태와 나락 속에 눈만 뜬 채로 시(詩)의 음울을 가끔씩 느끼는구나 아! 초여름 과일 마냥, 싱싱하지도 않고 어느덧 감지해온 정신이 맑지도 않은 상태에서 열병을 앓는 것처럼 시인을 느끼는구나 창을 열면 이명이 들리고 눈을 감고 피로하여 권태와 나락을 물리치려 시를 쓰는구나 원작의 배경은 겨울비가 내리는 상태에서 나는 여름에도 구름이 꽉 찬 오후에도 이런 기분을 느끼나니 용서해주게나 후덥지근하고 아폴리네르의 *「시(詩)」란 작품이 열병 같은 증세를 느끼게 하여서 나도 시를 쓰는구나

권 철

1996년 《문학세계》 등단.

시집 『창밖을 보면서』 등.

한국문인협회 회원, 부산문인협회, 부산불교문인협회, 새부산시인협회 이사.

*

시

-아폴리네르

그는 들어왔다
그는 앉았다
그는 빨간 털이 난 이
열병을 쳐다보지 않는다
성냥은 불붙었고
그는 떠났다

응어리

김 은

2006년 《월간문학》 등단.

근로자문화예술제 시부문 대상, 청년토지문학상 대상 등 수상.

앰코코리아 사보 담당자.

상자 안에 넣어둔 접질러진 종이 하나가 운다
홍건한 상자가 가슴의 문을 열자
눅눅한 창문에 나라는 사람이 새겨진다
김 서린 손가락으로 한 글자 서툴게 남기니
이번엔 나라는 글자 하나가 줄줄 흘러 운다
내 책 속 곰팡이를 향수병에 모두 담아
낡은 품에 뿌리는 족족 난
동화 속 아이처럼 하염없이 착하게 누그러진다
타다 남은 촛불 하나 생경하게 당겨진 시큰한 밤,
방이란 상자에 담겨 가슴을 톡 접질린 내가
축축한 얼굴로 그 미운 종이를 펴면서
천년 별빛을 타고 흐르고 또 흐른다
멸종하지 않는 바다 거품처럼
멍울지는 이 더운 시간 속에

그대가 오는 밤엔

김건배

2011년 《한맥문학》 등단.

한국문인협회, 아산시인회 회원.

새벽 달빛은 마냥 즐거운데
소리 없이 고요를 타고 오는 여인
창문가에 서성이는 그대의 그림자
내 마음을 두드린다

수줍은 가슴 이슬방울에 숨기고
뒤뜰 하얗게 쌓인 달빛 속으로 오는 여인
여인의 향기가 비같이 내리고
내 가슴엔 그대의 향기가 그윽하다

사랑스런 미소 치맛자락에 숨기고
해말끔히 꽃잎같이 찾아온 여인
귓전에 속삭이는 그대의 음성
그대의 아름다운 모습이 넘쳐 흐른다

사람들은 깊은 잠에 취했는데
그대를 업어보고 싶은 밤
그대를 안아보고 싶은 밤

선인장

김건일

1973년 《시문학》 등단.

『풀꽃의 연가』 『뜸북새는 울지도 않았다』 등.

자유시인상, 흙의문예상, 서포문학대상, 한국예총 문학대상 등 수상.

한국문인협회 부이사장, 한국현대시인협회 사무국장 등 역임. 사랑방시낭송회 회장, 국제펜클럽 한국본부 회원.

슬픈 종자들 찔러주고 싶다
나를 건드리지 마라

나는 아라비아의 왕자
고독은 나의 영역

때로 나는 내 눈물 같은 꽃을
피운다

개미와 소년

화전(火田)을 일군 산비탈 진흙 사이를
새까만 개미가 줄 지어 지나가는데
화전민 아들 꼬마가
개미행진을 내려다보고 있다

내일은 아버지가 또다시
불을 지필 터인데
개미는 짐을 가득 메고
제집으로 들어간다

김경명

2008년 《문파문학》 등단.

한국폭스보로 이사, 원등금속 상무이사, 마샬엔지니어링 대표 역임, 한국문인협회, 문파문인협회 회원.

오디

김경숙

2007년 《만다라문학》 등단.

안동주부문학회, 샘문학동인 회장 역임, 한국문인협회, 안동문인협회, 경북문인협회 회원, 경북여성예술인포럼 위원, 안동칸타빌레앙상블 악단장.

누구에게
들키고
싶지 않은 마음
등불처럼 매달았다

푸른 잎 뒤
올망졸망 매달린
그리다 지친 얼굴

시름도, 한숨도
안으로 삭히며
곤한 세월을 홀로 익혔다

보고픈 마음에
저만치 다가서는
그리움의 소리

설레임으로
다 내어주고 싶었던
간절한 시간은

다가가는 손길을
모아
유월의 햇살을 환히
반기고 있다

한밤의 랩소디

차이코프스키의 비창(悲愴)이 춤추듯이 꿈틀대는 밤
한 줄기 호사스런 상념이 애가로 피어났네

암벽보다 무거운 번뇌 덩어리를 내려놓고
시정(市井)의 사람향기 시류(時流)는 내일로 잠재우고
한밤의 숨결소리도 뜨락으로 밀어낸 비수(匕首)같이 화려한
검은 융단
한 점 뜯겨져나간 절규, 진한 목소리는
바람 앞에 나풀대는 장엄한 촛불 되어
잊었던 태고의 전설을 흔들어 깨우네

운명으로 얽힌 파리한 몸짓으로
소나기구름보다 더 유현(幽玄)한 감동으로 일렁일 때
원시림의 고요처럼 깊고 푸른 어둠을 정적이 너울댄다

김경순

2008년 《문예사조》 등단.

국제펜클럽 한국본부 회원, 한국문인협회 대외협력위원, 월간 《문예사조》 편집위원회 부회장, 문학신문문인회 부회장.

내게 그림 하나

김경자

1985년 《현대시학》 등단.

『꽃으로 올 때는』 『흐르는 집』 『그대의 산과 나의 바다 사이』 등.

국제펜클럽 한국본부, 한국문인협회, 한국시인협회, 한국여성문학인회, 서초문인협회 회원.

1990년 MBC 대학가곡제 동상작품 작시(「이리 햇살 부신 날엔」)

저
설원에 그리는
마음
그림 하나 있어

아스라히
빛 가르는
한 점의
새

꽃 어우는
풍경의
뜰

아니면
산정을 나부끼는
한 폭
깃발일까

하늘 물길
굽이치는 구름 너머
수묵의
달빛일까

저
설원에 그리는
마음

그림 하나 있어

이토록
눈 시린

내
원색의
바다
한 폭이여

창세에 울린 소리

김계덕

1976년 《시문학》 등단.

시집 『창세에 울린 소리』 『시지포스와 새』, 장편서사시 『불의 한강』 『맨살로 일어서는 바다』 『황무지의 꽃』 등.

시문학상, 윤동주문학상 등 수상.

한국문인협회 이사, 현대시인협회 부이사장, 《PEN문학》 편집이사·자문위원.

눈이 움푹 패인 젖먹이는
두어 번 헛구역질하다간
흰자위를 퍼뜩 보인 채
잠들어버린다

에미는 멍청히
맨둥어리를 드러내고 엎드려
구걸의 자세를 흐트리지 않는다

내민 두 손 안에 쥐어진
우그러진 양재기 하나
어쩌다 한 닢 떨어지면
찡그렁 하는
창세에 울린 그 소리
머리 둘레에 하늘을 찌르며 선
칼날의 빌딩숲, 바벨탑들

유리창과 유리창에 반사하는
새빨간 햇빛이 초점을 모아
그녀의 구걸을 태운다

등나무

등을 기대야
살맛이 난다

제 잘났다고
혼자 꼿꼿하게 살면
바람 잘 날 없더라

타고난 대로
남의 등을 타고
올라서서
등 비비며
주저리 꽃 피운
아모르 파티

짓밟고 올라선
나무 위에 제 무게를 얹고
어깨동무하며

힘겹게 몸 비틀어
똬리 감는 원죄

등대고 살아가리라
꿈틀거리는 욕망
끝없이 비틀어대며
화려한 나무 등 타기의 곡예
이대로 멈출 수는 없다

김관식

1979년 《아동문예》, 1998년 《자유문학》 등단.

시집 『가루의 힘』 등, 동시집 『토끼 발자국』 등.

한국시 대상, 육당최남선문학상, 노산문학상 등 수상.

월간 《한국시》 신인추천위원 및 심사위원.

자화상

김광자

1992년 《월간문학》 등단.

시집 『해운대 아리랑』 『그리움의 미학』 등.

윤동주문학상, 부산시협상, 대한민국향토문학상 등 수상.

부산시인협회 전 이사장. 한국문인협회 이사, 국제펜클럽 한국본부 이사 및 기획위원장, 한국여성문학인회 이사, 미래시시인회 회장, 청마문학기념사업회 이사.

벽에 걸어 둔 거울이 비틀거린다
무릎이 접히면서 키를 내린다
거울을 지탱할 힘이 없어 뽑히는 못
누렇게 청동빛도 곱게 핀
녹슬고 가늘어진 잔뼈
삭은 이가 맞물리지 않는다고
벽은 못을 뱉는다

살집 깊었을 때
벽에 붙박이던 목소리
쩡쩡 울리다 못해 망치머리 번갯불티 튀더니
먼지 털이 헝겊 끝에 스쳤다고
쑥– 빠지는 기운 없는 시간
방바닥에 쏟아지는 붉은 녹가루
가슴에 앙금 앉는다

어쩌다 이 집에 못박히게 되었는지
떨어진 시간을 주워 살핀다
거울에 딸려온 못

내 꽃가마에 얹혀온 거울
새댁 때 복숭 얼굴 찾는 시간의 자화상이여

어머니의 새벽종

폭풍우 몰아치고
진눈깨비 쏟아지는 새벽
한치 앞 볼 수 없는
궂은 날에도
어머니의 정성은 한결같았다

십자가 종각 위에
길게 늘어진 밧줄
발꿈치 들고 힘껏 매달려
신령한 춤을 춘다

새벽하늘 가르며
잠든 이를 깨우는
우렁찬 소리
땡 가랑 땡 땡 가랑 땡
하늘 문 열린다

사라진 무쇠 종
어머니의 얼굴에서
녹아내렸는지
예배당 앞마당
종탑의 흔적만 남아있다

김귀녀

2005년 《문학세계》 등단.

시집 『영혼의 방』 등.

한국문인협회, 아가페문학회
회원, 강릉사랑문인회 이사.

입춘(立春)

김남웅

1965년 《현대문학》 등단.

시집 12권, 수필집 5권, 소설집 5권 등.

광명시민대상, 경기도문화상, 녹조근정훈장 등.

《문학21》 《문예사조》 주간, 한국문인협회 이사, 문학신문 고문 논설위원. 경기문인협회 회장, 한국크리스천문학가협회 회장 역임, 문인협회저작권위원, 한국민족문학가협회 회장.

실눈썹 같은 낮달이 걸려 있는
이 들녘, 외로운 나목 아래
작은 산새들이 빛을 몰고 내려온다

큰 섬광, 나는 문득문득 태어나고
순간순간에 꿈을 꾼다
죽은 나무의 문을 열고 산 나무의 혼을 캔다
싱싱한 새들, 그 새들의 깃털에 쌓이는 빛을 따서
내 아침 식탁에나 올려 볼까?

만개하는 꽃의 문전에 서서
큰기침으로 나를 알리어 본다
작은 공화국에 새 임금이 난다
순 은빛 왕관을 쓰고 내가 더욱 벅찬
제왕임을 의식한다

나목

이 세상에 부귀영화
화려하게 꽃피워도
한순간에 떨어지는
잎새 같은 것

삭풍에 몸을 떨며
침묵으로 외치는
너의 모습이
애처롭고 아름답다

삶의 시작도
허무의 점 찍고 가는 종말도
잎새 하나 없는
빈손으로 가는 것이라고

벗은 몸으로 외치는
진리의 전도자
말 못하는 만물이
무지한 인간을 깨우치고 있다

김내식

2004년 《문학세계》 등단.

시집 『그대는 어디로 가고 있는가』 등.

영랑문학상 수상.

한국문인협회 정화위원, 아가페문학회 회원, 강릉사랑문인회 이사.

작업

김년균

1972년 이동주 시인 추천으로 등단.

시집 『아이에서 어른까지』 『하루』 『나는 예수가 좋다』 등.

윤병로문학상, 윤동주문학상 등 수상.

한국문인협회 이사장 역임.

모든 것은 지연되었다
이제는 지체할 수 없다
나는 일어서, 몸소 체득한 거울을 보며
사방 벽 흐린 날 구름에
해묵은 못을 박고,
역겨운 아내의 창문을 열고서
두터운 베니아판을 자른다
잘리는 베니아판은
온갖 고뇌로 번득이는 톱날 사이로
흩어진 아내의 미분가루를 날리며,
완강한 치맛자락에 휘감긴 시간의
열 시 혹은 열한 시, 또는
자정까지도 가리키지만,
나는 떠날 수 없다
아내는 떠나려 하지 않는다
보아라, 혼자 남아 저렇게 가꿔온 식탁,
살찐 돈육들이 널려 있는
아내의 저 식탁을,
넘어질 것인가. 허깨비처럼, 허망하게
때로는 군중들이 몰려와
내 손의 연약한 곳에 성시를 이루고
이빨을 닦듯 머리를 닦으며
경험을 등불을 쳐들어주지만,
당신은 모르는가
죽어도 한이 없을 사자들의 오만한 혼
아내의 혼은 빛나 있다
나의 손은 지쳐서 말라빠지고

한 움큼의 장미도 준비하지 못한다
재난이 아니고 무엇인가
나의 이마는 공허하고,
송년을 보내는 허영으로 가득 차
마침내 교과서 한 권도 준비하지 못하고
고요한 시공을 보며
텅 빈 주머니만을 뒤진다
빈 주머니에선 오직 재난처럼 몰려온
어둡고 슬픈 기억들이,
한 척의 선박을 타고
내 영혼의 밝은 점포를 향하여
달려온다. 바람을 몰고, 질풍처럼
나는 출항을 서두는 인부,
지친 몸을 가누며 톱질을 하지만,
지금은 떠날 수 없다
아내는 아직도 오만한 혼을 빛내며
이미 버려진 창구로 나를 끌고 가
가두고, 매질을 하며,
꼼작도 못하게 꽁꽁 묶는다
나는 독재의 운동장에 매어놓은 황소,
나의 머리는 온밤 내 허우적이며
바다의 파도 소리를 좇는다
오만하고 가증스런 바다는
임진왜란의 기승처럼
출렁이고, 솟구쳐 오르고,
오, 가방에 넣고 싶은 것들이여
들어가거라! 들어가!

꼭꼭 눌러 튼튼한 가방에 집어넣고,
어느 한적한 곳에 옮겨서
불태워버리고,
홀연히 이곳을 떠나고 싶지만,
나에겐 자유가 없다
아내는 떠나려 하지 않는다
눈썹 끝에 매달린 어둠 속을 달리며
아내는 장사보다도 막강한 팔뚝,
나는 지금 기선을 잡고서
아내의 힘을 자르며,
고립된 도시의 베니아판을 자른다
이제는 떠나야 한다

나의 사랑 하늘입니다

김미화

2006년 《문학공간》 등단.

시집 『나의 사랑 하늘입니다』 『예, 여기 있습니다』.

국제펜클럽 한국본부 회원, 한국문인협회 문인복지위원, 아가페문학회 동인.

언제부터인가 하늘을 사랑합니다
별빛, 달빛 타고
긴 꼬리 유성으로 내 가슴 통과하는 당신
너무 좋아 어쩔 줄 모릅니다

멀고도 가깝게 느껴지는 그곳에
당신이 계신다기에
꿈길 까치발, 손 높이 흔들어도 닿을 수 없어
안타까워 눈물만 흐릅니다

두둥실 구름으로
당신 곁 떠돌 수 있다면
미세한 티끌로 분해되어
사라져도 좋겠습니다

언제부터인가 하늘을 사랑합니다
두 손 모으고 목 놓아 부르면
"나 여기 있노라" 응답하시는
나의 사랑 당신이 있기 때문입니다

술의 미학

김밝은

2013년 《미네르바》 등단.

계간 《미네르바》 편집위원,
한국문인협회 편집국장.

가끔 심장이 시큰둥해지는 날

곱게 부순 달빛가루에 달콤한 유혹의 혀를 잘 섞은
목신 판의 술잔을 받는다

찰나의 눈빛에 취해
비밀의 말들을 너무 많이 마셨나
날을 세운 은빛 시선이
애꿎은 꽃잎만 잘라내고 있다

물구나무서던 시간들이
절룩거리는 기억을 붙잡고 일어서고
살 속에 섞인 위험한 말들, 잠들지 못해
서로 부딪치고 깨어지기도 하면
멀리 사과밭에선 지진 일기도 했을까?

옆구리를 내어주며 쨍쨍 부딪치던 건배의 얼굴이
늑골 어딘가에 콕콕 박혀 가쁜 숨을 몰아쉰다

끝내 토해내지 못해
상처 난 이름으로 가슴 울렁거리고
손가락만 흔들어도
열꽃처럼 번져가는 뜨거운 노래들로
바람 속 영혼들처럼 마음 흩날리는 날*

사랑이 사랑으로도 치유되지 않아
벌거벗은 혀들이 술잔 속에서 팔딱거리고 있다

* 인디언 달력에서 1월을 뜻하는 말 중 '바람 속 영혼들처럼 눈이 흩날리는 달' 에서 변용.

반딧불 애환

김복래

2013년 《화백문학》 등단.
시집 『흐르는 물처럼』.
한국문인협회 회원.

땅 위에 별이 흐른다
반짝 번쩍

소리 없이 찾아온 너
어디서 왔다
어디로 갔느냐

풀잎 속에 숨어든
작은 별 하나

가냘프게 외롭다

천상(天上)이 그리워
오르다 떠돌다

못다 이룬 한 머금고
풀잎 속 정 못 잊어
지상에 머문 너

하얀 백설(白雪)이 오는 날
넌 벌써 하늘에 가 있겠지

슬픈 풀잎
버려둔 채로

어머니 당신은

김봉균

2013년 《문학세계》 등단.

한국문인협회, 한국현대시인협회 회원, 문학세계문인회, 광화문사랑방시낭송, 목란문학회 회원.

등나무를 볼 때마다
어머니의 힘든 세월을 보는 듯합니다

고통과 설움의 날이
너른 밭고랑에도 무수했지만
가슴 아파올 때마다
겨울을 헤집고 나온 들풀처럼
어머니는 언제나
끝도 없는 험한 길을 걸어가셨지요

쉴 틈 없이 밭고랑을 메시며
풍요로운 가을 기다리신 어머니

서촌으로 물들던 노을빛이 서러워 오늘은
당신이 들려주던 자장가를 부릅니다
어머니

비 내리는 밤

궂은비 내리는 날이면
밤마다 머리 풀고 떡갈나무 숲이 운다
우거지고 쓰러지는 쑥대풀 위
내 키보다 웃자란 어둠 헤집고
그대 체온 더듬어 비에 젖으면
수초 냄새 짙은 둑길에서
몰래 훔친 그대
생머리 냄새
흐르는 강물 소리 아득함이여
비가 쏟아지는 밤
끝끝내 허물어져 빛나지 못한
그믐의 달빛이라도 뒤적여 보는 것은
차라리 얼마나 아름다운가

김상우

2006년 《문예운동》 등단.

시집 『흔들리는 초상』 『오래된 사진』 『작은 것들에 대하여』 등.

정훈문학상 작품상 수상.

한국문인협회, 대전문인협회, 청하문학회, 오정문학회, 한남문인회 회원.

깊은 밤

김석호

1999년 《한국교단문학》 등단.

시집 『바람꽃 피는 초원』 『나무새의 날개』, 동시집 『엄마가 제일 예뻐야 해』.

한국교단문학상, 한울문학상, 아동문학세상문학상, 인간과 문학인상 수상.

한국시인협회, 한국문인협회 회원.

이 만큼 살도록 제대로 아는 게 하나도 없다
꽃을 모르고 하늘을 모르고
별을 모르고 구름을 모르고
나를 모르면서 오랜 시간
아이들을 가르치는 선생님이었다

자욱한 안개 속 희미한 형상이 아른거린 나이테
마음 단추 고쳐 꿰고 며칠 전부터
성서(聖書)를 펼쳐 보았다

여전히 첫줄부터 알 수 없는 미궁의 세계
'한 처음에 하느님은 하늘과 땅을 창조하셨다'
도무지 천지창조를 알 길이 없다
그리고 계속 알 수 없는 세상
'너는 흙에서 나왔으니 흙으로 돌아가라'
'너는 먼지이니 먼지로 돌아가라'
나는 자꾸만 의문이 가득 찬 아이가 될 뿐이다

'노아의 나이 500세 되었을 때
노아는 셈과 함과 야맥을 낳았다'
………………
…………계속 계속 계속……
……점점 눈이 멀고 귀까지 먹먹해서
고요히 납덩이가 되어 기도하였다……
까망 깊은 밤을 헤매었다

그런 사람

만나서 반가운 사람
가던 길 제쳐놓고
잡은 손 놓칠세라 아무 데나 찾아들어
이야기보따리 줄줄이 풀고 싶은
그런 사람

마디마디 아리고 덧없는 세상
같이 있으면 하늘이 환해지고
용기가 나고 위로가 되는
그런 사람

밀고 당기고 만단정회 다 풀고도
헤어져 돌아오는 마음속에
또 만나고 싶은
그런 사람, 그런 사람

김선식

2005년 《순수문학》 등단.

시집 『내가 당긴 활시위』.

국민훈장 목련장 수훈.

한국문인협회 회원, 뿌리와 열매 동인, 택견원형보존회 자문위원.

비 내리는 바다

김선아

2007년 《문학공간》 등단.

시집 『비 내리는 바다』.

부산문학상, 실상문학상 수상.

한국문인협회, 한국시인협회, 한국여성문학인회, 부산시인협회 회원, 부산여성문학인협회 회장, 계간 《여기》 편집장.

비가 내리는 제방 끝에서
무심히 한 생각
매듭을 풀어 물결을 탄다

비는
만족하게 바다를 식히는데
기억은 어디를 가는 걸까

고요를 깔아
감는 듯한 눈
흠뻑 바닷속에 담으면

손끝으로는 만져지지 않는
마음 안에 마음 그리고
영혼의 목소리

잡힐 것만 같아
망부석이 되어버리는
비가 내리는 날의 오후

서정을 노래하는 파도의 집은
바다에만 있는 것이 아니다

마음의 길

세상에 태어나면
가는 길은 누구나 한 길
가는 길에는
좋은 길도 있을 것이요
험난한 길도 있을 것이니
앞도 보고 가고
좌우를 살펴보고 가기도 하지요

아무리 반듯한 길도
옆으로 가면 옆길이요
뒤로 가면 뒷길입니다
휘어진 길을 간다 해도
내가 바르면 바른 길을 가는 것이요
내가 바르지 못하면
바르지 못한 길을 가는 것입니다

내가 없으면
길도 없는 것이니
무슨 길인들
소용이 있겠습니까

김선우

2008년 《문예사조》 등단.

시집 『길에서 화두를 줍다』 등.

경기도문학상, 황금찬시문학상, 아름다운 한국문학인상 등 수상.

한국작가동인회 부회장, 오산시인협회 이사장.

친구야 청산 가자

김세창

2008년 《詩와 수필》 등단.

시집 『바람의 노래』 등.

국제펜클럽 한국본부 부산지역위원회 운영위원, 한국문인협회, 부산문인협회 회원, 신서정문학 부회장·편집위원, 실상문학 이사.

아침 해 떠오르는 산길 따라서
검은 염소 몰고 가던 친구야
우리 함께 청산(青山) 가자

머루 다래 따던 고사리 두 손등엔
쭈글쭈글 세월의 상흔(傷痕)
산다는 게 무엇인지
고향도 잊고 친구도 잊고
욕심에 눈먼 세상 청산마저 잊었네

아무리 피붙이라도
품 안에 있을 때야 자식이지
제 앞가림할 만큼 머리가 커지니
벼랑 위 검은 염소 그 속을 어찌 알아

물소리 새소리 반갑고
흙냄새 낯설지 않은 그곳, 친구야
인제 그만 우리 함께 청산 가자

타령조(打令調)

요새 같으면 살맛 안 나네
칠팔월 송기(松肌), 맛없는 세상

덤불 속 꿩처럼
다링하고 꾸꾸…… 정이나 통할까

예끼처럼 변해쌓는 계집의 마음
그미한테 얼빠졌단
지레 죽고 싶을 게고,

보이지도 않는 극락
식은 죽 먹고는 염불도 힘드네
생일날 잘 자수려
이레 굶는 쑥인 줄 아나?
염불도 시들 하이, 그만 노려네

이 세상엔 몸 기댈
울타리 없네

알고 보면
움직이네
울타리도

김시종

1967년 《중앙일보》 신춘문예에 시조로, 1969년 《월간문학》 시로 등단.

시집 『자유의 화두』 등. 에세이집 4권.

경북문화상, 서울신문향토문화대상 등 수상.

국제펜클럽 한국본부 경북지회장, 문경중학교 등 교장 역임.

겨울 바다

김애순

1996년 《문학춘추》 등단.

시집 『오동꽃 필 때면』 등.

한국문인협회 회원, 시더나무문학회 사무국장 역임, 전남문인협회, 광주문인협회 이사, 시류문학회 회원, 《전남문학》 편집장.

찾는 이 없어 차가운 물빛
그 외로운 길목에 다가서 본다
아련히 번져오는 눈이 파란 떨림 하나
귀 모아 들어보면
먼 메아리로 일렁이는 삶의 모서리들
자꾸 목 말라오는 애틋한 언어 위에
구원의 음률로 다가와 쌓이는
나지막한 해조음

무디어진 도회의 껍질들을
하나둘 풀어
아득한 포말 속으로
주문처럼 날려 보낼 때
한 줄기는 속 깊은 수초가 되어
물길 아래 잦아들고
운명처럼 남겨진 눈물의 은비늘은
갯내음에 실려 맴돌다
산으로 간다
산으로 간다

산 그림자

해질녘 산은
나뭇가지에 새들 매단 채
기슭 아래 마을로 내려오면
나는 긴 그림자 동행하여
그의 너른 품 안으로 들어가
분신 같은 내 그림자 떼어 놓고
서둘러 돌아와 앉았는데
그는 거기 그냥 서서
다시 아침을 맞는다

김애희

2010년 《문파문학》 등단.

시집 『물벼락』.

한국문인협회 회원.

밥이 되고 싶다

김영규

2003년 《한맥문학》 등단.

한국문인협회, 한국시인연대, 한맥문학가협회 회원. 회전그네시인회 동인.

우스갯소리에
만만하면 밥이란다
입맛 없다 밀쳤다가 물 말아 먹고
밥맛없다 물렸다가도 장아찌 한 점 얹어 먹는
평생을 먹어도 질리지 않는 신비의 만나

힘든 삶
거친 풍파에 휩쓸린 그대
주리고 허기진 뱃속 든든하게 채워
한 숟가락이 웃음이 되고
한 숟가락이 기쁨이 되는
따뜻한 밥이 되고 싶다

주고 또 주고
먹고 또 먹어도 좋을
그대에게 난 그렇게
만만한 밥이 되고 싶다

저녁연기

김영돈

2009년 《문학예술》 등단.

한국문학예술가협회 충남지회장, 한국문인협회 회원.

보고 있을 때
더 그립다 하네

멀리 바라보는 뒷모습
눈물이 난다 하네

마주 보며 차 마실 때
목이 메인다 하네

메말라 초라한 심장으로
그 많은
그리움 담을 수 있을까

상처로 얼룩진 아픈 가슴으로
그 벅찬 정
안을 수 있을까

소중하기에
보낼 수밖에 없다는
비겁한 외로움
입술을 깨문다

돌아서 가는 뒷모습
차마 볼 수 없어
눈을 감는다

어머니 품속 같은 고향
저녁연기가 보인다

그대 시인이여 I

김용주

2009년 《자유문학》 등단.

시집 『사과가 그립다』.

국제펜클럽 한국본부, 한국문인협회, 전북문인협회, 장수문학회, 열린시문학회, 행촌수필문학회 회원.

큰 잣나무 앞에 서면
송진 향기 짙은 잣나무가 되는
나는 '나' 다
참나무 옆에 서면
정자나무 터 아름드리 참나무가 되는
너는 '너' 다

나는 잣나무 숲 속에서
검은 청설모 되어 잣씨를 까먹으며 논다
너는 또 참나무 가지 위에
노란 하늘다람쥐 되어 도토리를 먹고 산다

그런 '나' 나 '너' 는
잣나무도 참나무도 아니다
몸에 온통 솔 꽃가루 뒤집어쓰고 있으면
청설모도 다람쥐도 아니다

그대는 항상 푸르러서
잣나무 앞에 서서 잣나무가 되는가
참나무 옆에 서서 참나무가 되는가

시인이여!
그대와 함께 노래하니 참 좋다

바둑을 두면서

갈 곳 몰라 헤매다가
호구에 들어가서 얌전히 잡히고
축에 몰려 발버둥치며 추락되곤 했었지
피땀 어린 정성으로 집을 지어도
고작 옥집,
가없이 방황하는 우리들의 얼굴은
얼마나 일그러졌을까
오그리고, 뛰고, 부딪치고
그렇게 살아가는 법을 배우며
새벽은 쉽게 무너지지 않으려
눈에 불 밝히고 마지막 별빛을 모두 마셨지
대마싸움에 패라도 생기면 어찌할까
어복으로 진출하여 세력을 뻗혀야만 하는
허허로운 벌판의 까마귀와 해오라기
이긴 자, 진 자도 없이
어귀찬 사랑으로 살 수 없을까
아, 우리들의 어둠에 대하여
반항에 대하여 가슴 앓는 영웅들
매화 육궁, 도화 오궁, 포도송이 송이로
소리 없이 기진한 무리들
불평 없이 은혜롭게 살아가는
이 시대의 흑돌들

김운향

1987년 《表現》 등단.

시집 『구름의 라노비아』, 소설집 『바보별이 뜨다』 등.

한국문인협회 문기공위원, 국제펜클럽 한국본부 회원, 한국현대시인협회 이사, 종로문인협회 이사, 한국문인산악회 부회장.

구절초 필 때

김이대

2009년 《자유문예》 등단.

한국문인협회, 한국시인협회 회원, '동해남부시' 동인.

리트머스 종이 같은 당신 살결을
눈치채지 못하게 사랑했어요

그대 꽃피는 시절에
얼굴 가득히 어리는 눈물

가을 산기슭에 구절초 피면
가슴에 그리움이 같이 피는데

남몰래 들어와
자리 잡고 피는 꽃

구절초 필 때 들리는 목소리
눈물인가
아픔인가

맑고 그리운 소프라노
나의 트로트

만파식적(萬波息笛)

검은 허공을 마디마디 안고 있는 나는
당신의 더운 입김을 기다리는 피리여요

만 가지 근심이 출렁이고 있어요
속 깊이
바람을 불어넣어 내 몸을 덥혀주어요
내려앉은 어둠을 밀어내주어요

당신의 촉촉한 입술이 닿으면
깜깜한 어둠에 파르르 균열이 일어나지요

가지런한 내 숨구멍을 따라
당신의 손가락 끝이 움직일 때마다
끊어질 듯 이어지는 비명이 흘러나와요
내가 깨어나는 소리여요

당신이 자아낸
푸른 음률은 북명(北溟) 바다를 찾아 떠나고
따뜻한 음색은 흐르는 강으로 녹아들며
하늘 아래 외로운 대나무들
무성한 숲으로 서게 하여요

내 몸속으로 들어와
깊디깊은 잠을 깨우는 당신은
어둠을 베는 섬광 같은 칼날인가요
강바닥 쿡쿡 내리찧는 상앗대인가요

김인숙

2009년 《월간문학》 등단.

시집 『꼬리』 『소금을 꾸러 갔다』.

신라문학대상, 한국문학예술상 수상.

한국문인협회 회원, 경북문인협회 사무국장, 구상문학관시동인 '언령' 회장, 한국문학신문 기자.

소리로써 천하는 다스려지는데
당신 없는 나는 침묵이어서
슬퍼요, 서러워요

우체통

투둑! 투둑! 빗줄기 거센 창문 너머로
빨간 우산이 보인다

반가움에 창을 열자
길모퉁이 우체통이 흠뻑 젖은 채
텅 빈 골목길을 지키고 있다

언제나 서 있던 그 자리
비가 오면 빨간 우산을 받혀주던
그녀가 되어 나를 기다린다

김종선

1999년 《문학21》 등단.

산문집 『마이카시대』.

국제펜클럽 한국본부, 한국문인협회 회원, 노원문인협회 이사, '인사동시인들' 동인.

환상조(幻想調)

– 박물관 난간에서

김종섭

1983년 《월간문학》 등단.

시집 『환상조』 등, 산문집 『동백과 산수유 사이』, 시감상집 『시의 오솔길을 따라』 등.

윤동주문학상, 조연현문학상, 경상북도문화상 등 수상.

경주문인협회, 경북문인협회 회장, 한국문인협회 부이사장 역임. 한국문인협회 자문위원, 국제펜클럽 한국본부 이사, 한국시인협회 상임위원.

비가 천년의 석탑을 적시고
오늘은 또 삼복의 지열을 적시고
꺼져가던 환상의 조각들을 씻으며
이미 빈 공원의 의자에서
십 년은 젊어진 내 얼굴의 때를 벗기고 있었다
점점 밝아지는 아랫도리마저 젖어 선 내 곁엔
어느새 잊혀졌던 과거의 장미가 환히 웃으며 섰다
어쩌면, 울고 선 아사녀의 전설을 읽고 있다
저쯤에서 비는 비켜선 꽃잎을 찢으며
그 잔인한 웃음을 던지다 사라지고
문득 번개가 우레 소리 더불어
천년의 종을 울리고 있다
탑신들이 무너져 내리는 소리에
놀란 장미꽃 이파리들이 내 발등을 덮고 있다
열기에 젖었던 아랫도리는 말라들고
다시 지열은 들떠서 비를 걷어가고
백납 같던 서라벌의 하늘이
한때의 꿈처럼 구름을 태워가고 있다
내 곁엔 이국 소녀가 석탑을 향해
연신 카메라의 셔터를 쏘아대고
놀란 한 마리 금오조(金烏鳥)가 염천의 햇살 속으로 날아간다
잠자는 내 먼눈을 쪼으며

아침 들녘

송암 김종순

2008년 《한겨레문학》 등단.

시집 『연자매』 『점(點)이 선(線)상에서』 등.

한국문인협회 부천지부 감사, 월더니스, 다온문예 자문위원.

마을 앞 너른 들, 밤새 이슬 머금은 벼
은구슬 영롱하게 잎을 타고 반긴다
이른 새벽, 삽 울러 메고
물고 보러 나왔더니
풀잎인가 벼잎인가
바짓가랑이 흠뻑 적셔
신발은 어느새 찌걱찌걱 물소리다

새벽안개 뿌연 들녘
바람도 없이 고요하다
동터오는 여명에
벼잎들도 잠 깬다
함초롬히 이슬 머금은 채
이랑도 뵈지 않게 꽉 들어찬 벼
내 마음까지도 마저 채운다

여친가 귀뚜린가, 찌그르르 울더니
갑자기 여기저기 풀벌레의 합창 소리
이리저리 높고 낮게
멋진 화음 자아낸다
논둑에 서 있는 내가 교향악단 지휘자다
이토록 아름다운 하모니를
누가 감히 흉내라도 내겠는가
무럭무럭 자란 벼,
이 맛으로 크나 보다

개구리 한 마리가 '짤 박'

논둑으로 뛰어나와
나를 보며 두 눈을 끔벅끔벅
저도 어느 틈엔가
끼어들게 해달란다
그래, 여기다. 들어오너라!
힘찬 하루 출발이다!
개굴, 개굴 개구리도 노래를 한다

매장

숨을 쉬지 않는다는 이유만으로
아버지를 꽁꽁 묶어서 땅속에 깊이 묻었다
발로 꾹꾹 밟아가며 단단히 묻었다
삽으로 때려가며 봉분도 만들었다

우리는 향을 피우고 두 번 절했다
"부디 안녕히 계셔요"
나는 작별인사까지 했다

아버지를 등지고 산을 내려올 때
나는 몇 번이나 뒤돌아보고 또 보며
아버지의 무덤을 확인했다

무섭다, 우리는 무슨 짓을 한 것인가
- 아버지를 메어다 산에 묻어버린 자식들 -
나는 몸을 떨며 차에 올랐다
그러나 아버지는 우리보다 먼저 차에 와 계셨다

우리는 모두 입을 다물었다
그리고 무수히 많은 아버지와 함께
- 두렵고 떨리는 마음으로 -
어둡기 전에 집으로 돌아왔다

김종희

1982년 《시문학》 등단.

시집 『이 세상 끝날까지』 『물속의 돌』 등. 영시집 『Adam is Sad』.

시문학상, 크리스천문학상 수상.

현대시인협회 지도위원, 한국문인협회 제도개선위원, 마포문인협회장 역임. 한국크리스천문학회, 한국여성문학인회, 국제펜클럽 한국본부 이사.

존재

김좌영

2010년 《문파문학》 등단.

시집 『그땐 몰랐네』.

한국문인협회, 한국문인협회 용인지부 회원, 문파문학회 운영이사

간선버스 4102편
터널 지나 제3한강교 달린다
육백년 세월 애환 담고
묵묵히 흐르는 푸른 강 위에
허물어진 모습 비춰본다
삶 속 나의 존재란
실존하는 한 생명일 뿐
의미도 가치도 없는 미물
소금 같은 존재 못 되어
배회했던 지난 시간들
부끄럽고 쓸쓸해진다
이때면 새롭게 다짐하지만
아쉬움 남고 또 한 장의
캐럴을 듣는다
강변의 붉은 노을 흔들고 있는
추억을 떠올리며

탐조등(探照燈)

하늘을 오르내리는 사닥다리, 시나이산
한밤중에 실로암 물로 눈 씻고
올려다보니
목련꽃이 매달린 듯 큰 별
모시조개처럼 깔린 작은 별들
한데 어우러져 메밀꽃 바다로 출렁인다

끝없이 환한 파도가 밀려오며
온몸을 적셔준다
십계명을 받아쓰던 모세의 손에
불빛이던 흰 별,
동방박사들을 이끌던 붉은 별
한강 건너며 마주친 북극성
홍해바다를 건너온
모두 그 모습 그대로

이방인이 들어 올리는 빈손에
푸른 별 한 개 내려온다
낯선 길 머뭇거릴 때마다
주먹 펴서 바라보아야 할 빛

김진섭

2006년 《지구문학》 등단.

시집 『하늘공원』, 영역시집 윤동주의 『하늘과 바람과 별』, 이해인의 『눈꽃아가』 등.

한국현대문학번역상 수상.

한국문인협회 회원, 지구문학작가회의 이사.

빈자리*

김진성

1989년 《우리문학》 등단.

시집 『중이 되고 싶다는 여자와』 『정희의 구름』 『한밤의 통화』 등.

정훈문학상 작품상 수상.

한국문인협회, 한국시인협회 회원.

인연인가 하면 아니고,
다시금 또
인연인가 하면 아니고……
그렇게 눈여겨보다가
외로이 흘려보낸 세월
누군가 지켜줘야 할 나의 빈자리에
무심한 새소리 꽃잎만 쌓인다

* 1989년 발표 당시에는 제목이 '失齡'이었으나, 두 번째 시집 『정희의 구름』(1997, 혜화당)에 수록하면서 '빈자리'로 고쳤음.

개화(開花)

저것은 누구의 바다입니까
지금 한참 밀물인 걸
가로막을 제방조차 마련하지
못했습니다

나는 그냥 그대로 점령당하는
개펄이기도 하나
만조(滿潮)이면 하늘에 닿는
수평선일 수도 있습니다
보릿골 위로 목선(木船) 타고 온 오늘이
평일의 해돋이에다 닻을 내립니다

하역 작업 하고 있는 인부들의 어깨 위에
고조선의 노을이 지워져 있습니다
원시림 찍어 토기 굽던 불꽃이
노동자의 하루를 잘 익게 하고
소금기 많은 땀 흘려 만든 이슬을
하얀 여객선은
내가 사는 섬으로 실어 나르고 있습니다

그것은 선덕(善德) 씨가 주고 간
금팔찌와도 같고
그것을 보듬고 금환식 하고 있는
나는 갈대꽃 이우는 한가윗날
강강술래와 같습니다

어제와 오늘과 내일의 마당을

김창완

1973년 《서울신문》 신춘문예 등단.

시집 『인동일기』 등, 시조집 『봄이니까』, 동화집 『소금장수의 재주』 등.

오늘의시인상, 윤동주문학상 등 수상.

조선일보사 출판부장, 한국문예진흥원 이사 역임, '반시' 동인.

밟고 돌아가는 무수한 꽃신
무수한 발자국 가운데서
오다 줄리아
당신의 본명을 찾고 있습니다

하얗게 뒤집히는 뉫살이
당신의 동정을 항상 새것으로 있게 하는
천년을 부딪쳐도 지치지 않는
파도 소리가 파도 소리가
나날의 해안에 쌓이고 있습니다
쌓이어 섬이 되고 있습니다

나는 그 다도해를
거느리고 있지만
저것은 누구의 바다입니까

학춤

나는 처음 가만히 섰을 뿐
석상처럼 한사코 침묵해서
내 속에 달이 하나 걸어가고 있을 뿐
달 속에 목탁 소리 극락처럼 들려와
나는 다만 절벽처럼 섰을 뿐

달빛 한 자락 귀밑으로 내려
풀잎이슬을 떨어내고
한 잎씩 두 잎씩 연꽃잎 되어
내 겨드랑이에서 날개가 풀리고
수천수만의 팔이 흔들리더니
가슴이 허리가 파도의 율동으로 일렁이더니

출렁이는 몸부림 언덕을 뒤흔들어
파도는 파도를 허물고
구름은 구름으로 달려
크고 작은 연봉의 산맥으로 느껴 우는 몸
찬란한 학의 울음

나는 흔들리고 있을 뿐
달빛을 물고 일렁이는 파도
파도가 서서 벽이 되고
벽이 된 바다, 산맥으로 걸어 나와
가는 달 속에 나 섰는 것 보고 있을 뿐
나는 다만 파도의 벽으로 흔들리고 있을 뿐
흔들리다 흔들리다 벽이 될 뿐

김추인

1986년 《현대시학》 등단.
시집 『행성의 아이들』 외 8권
만해 '님' 시인상 수상.
한국문인협회 회원.

문득 생각이 나시거든

– 보길도 연가

김탁제

2004년 《문예운동》 등단.

시집 『문득 생각이 나시거든』 등.

한국암웨이청하문학상. 국제펜클럽 한국본부 미주 펜문학상 수상.

국제펜클럽 한국본부, 한국문인협회, 미주한국문인협회, 미주시인협회 회원.

문득 생각이 나시거든
지체 말고 오시구려

포살한 토방 차려
아침에 깨우는 산새 되어
햇살 막아 그늘 되고
저문 나룻길 샛별 되어
회향의 수심 풀어주리다

여태껏 풀 먹은 유년의
연줄 놓지 않고 그대와
짐짓 열러 본 하늘길

문득 생각이 나시거든
지체 말고 오시구려

애내성(乃聲) 예스러운
뱃고동 소리 들으며
넘치는 잔에 젖어
붉힌 뺨 마주 부비다

정녕 속마음 주려거든
분홍 동백 한 그루
시비 녘에 심어주면

노상 시들지 않는
그대 백년 꽃이 되어
소조히 갯바람에 피우리다

찻집에서(茶房)

유리창이
성엣물을 먹고 자란다
하늘거리는 머리칼
소녀의 양볼에
빠알간 낙조(落照) 익어가고
턱 받고 고개 들면
워어이
고향 머슴애들
숨바꼭질 한창이다

커피잔이 식어가는 탁자
담배연기 모순의 본질을
떨쳐버린 채
일상의 지친 권태를 마시고 있었다

볼품없이 버려둔 재떨이
소복이 쌓여가는
미지의 꿈들이
사연처럼이나
어여쁜 손길 따라 흐르는
솔베이지의 음악이 감미롭다

김태룡

1974년 《시문학》 등단.

시집 『망각의 계단』 등.

문예사조 부원상, 단국문학상, 농민문학대상 수상.

국제펜클럽 한국본부 이사 및 경기지역위원회 부회장 역임, 한국현대시협회 지도위원 및 한국농민문학회 심의의장.

목조(木造)의 집

김학철

1970년 《시법》에 작품발표 후 활동.

시집 『사향주머니』 『햇빛과 원에서』 『감정리에 별을 심다』 등.

경희대학교문화상, 한국문학비평가협회상, 시인들이 뽑는 시인상, 강원도문화상 등 수상.

국제펜클럽 한국본부 이사, 춘천 성수여자고등학교장 역임.

검게 그을은 벽면에
겨울 과원(果園)의 바람이 걸려 있다
살아있는 것은 숨어버렸고
보이는 것은 낯설었다
그 불명의 안개 속에
몸을 감추고 엎드려 있는 사계의 신(神)들을
나는 내 인식이 머뭇거리고 있는 곳으로
재빠르게 안내하고 있었다
더 거대한
더 완강한 힘에도 움직이지 않는 계시(啓示)를
어떻게 드러낼 것인지
어떻게 기록할 것인지
먼지 속에 고개를 내미는 서툰 발아(發芽)와
높게 나부끼는 야망에 밀려
시간은 조금씩 잊혀져가는데
뛰쳐나올 수도
머물러 있을 수도 없었던 내 갈망은
목조의 집,
그 낡은 계단 아래 민감하게 도사리고 있었다

목련꽃

아를르의 여인처럼 애잔한 그대
눈꽃보다 더 하얀 꿈 싣고
겨울 강 건너오네
봄바람 한 줌 불어왔나
꽃잎 떨어져 눈물짓네

임 향한 마음인들 뉘 알랴
어디 숨었다 나타났나
북향화(北向花) 가지 끝 순결한 한 송이

코끝 스며드는 우윳빛 그리움
살며시 만져보다 가슴 쓰다듬으니
속살까지 부끄러운 어여쁜 봄 아씨

김학철(강릉)

2008년 《한맥문학》 등단.

시집 『그대 그리고 나』.

한국문인협회, 국제펜클럽 한국본부, 한맥문학가협회, 전국약사문인회 회원, 하슬라문학회 동인, 강원도 강릉 온누리보건약국 약사.

감포에서

김행숙

1995년 《시문학》 등단.

시집 『유리창나비』 『햇살 한 줌』 『볼륨을 높일까요』 『여기는 타관』 『멀고 먼 숲』 등, 영역시집 『As lamp is lit』.

기독교문학상, 이화문학상 등 수상.

갯내바람이 불고 있다
한겨울 포구는 말갛게 씻긴 얼굴로
설레는 눈빛이다
하얀 등대가 있는 방파제를 따라
물새처럼 하늘높이
그리움을 만난다
수평선을 물들이며 저무는 바다
대왕암에도 부딪쳤을
파도의 끝자락
초사흘 달빛은 파랗게 시리다
흔들리는 검은 바다로
눈물처럼 어리는 등대빛
그 불빛 멀리
오징어잡이 배 하나가
천년고도의 밤 꿈으로 떠 있다

하루를 바치다

김형오

2003년 《시문학》 등단.

시집 『하늘에 섬이 떠서』 『풀씨를 심는다는 것』 등.

한국문인협회 회원, 미주문인협회 이사.

꽃을 보면 안다
절로 맺었다 하면서
오죽하면 이리 피는 것이랴

앉은뱅이꽃 장다리꽃
앞앞이 새벽을 열고 와서
울렁울렁 피는 것을 보면

꽃술 높이 들고
꽃 가는 꽃길 따라
하루를 모두 바친다는 것

쥐며느리

김혜련

2000년 《문학21》 등단.

시집 『피멍 같은 그리움』 『가장 화려한 날』 등.

북한강문학상 수상.

한국시사문단작가협회, 순천팔마문학회, 한국문인협회 회원, '빈 여백' 동인.

등암리 교원사택에 살면서부터
나와 동거를 시작한
친구가 있다

똥글똥글 몸을 있는 대로 말아
검은 콩 같은 모습으로 나타난 녀석은
주인인 나보다 먼저
깔아 논 이불 속으로 들어가
휴식을 즐긴다

내가 이불 앞에서 어설프게 주춤거리면
녀석은 놀랍게도 자리를 내주며
벽 가장자리로 바짝 몸을 붙인다.

처음엔 너무도 불쾌하고 불결해서
이불을 멀리하고 녀석보다 더한 몸짓으로
몸을 있는 대로 말아 새우잠을 청하곤 했다

이곳에서 두 번의 여름을 보낸
지금 나는 녀석이 있어 차라리 행복하다
언제나 발밑에서 내 살 냄새를 맡으며
나를 위로해주는 녀석은 검은 콩처럼
단호하고 냉정하지만
밤새 도란도란
빗물 젖은 추억을 들려주는
미워할 수 없는 살가운 친구다

원추리 촉

이슬비가
밤새 화단을
노크하더니
드디어 문을 열고
원추리 촉이
새침이 잎을 내민다
연약한 연초록 잎이
딱딱한 대지를 뚫고
세상을 향하여
큰 기지개를 펴다

달샘 김후남

2006년 《포스트모던 문화예술》 등단.

한국문인협회 회원. 대한민국시서문학 '시와 서화 작가회' 대표. 한국예술문화원 아카데미 시·서·화 지도교수.

입관

남상진

2010년 《문학저널》 등단.

산문집 『노루목의 솔바람, 먼동 터올 때』.

한국문인협회 남북문학교류 위원, 문예동인지 《수정샘물》 고문.

보내지 않으려 남긴 흔적으로
몸은 개울에 버려진 생리대 같았다
딸아이가 불어터진 얼굴을 쓰다듬으며
아비가 살아낸 시간을 더듬는다
텅 빈 어깨들이 출렁인다
고통이 빠져나간 얼굴은 연못처럼 고요하다
소란한 울음 틈에서 나는
그의 얼굴에 귀를 대며 말한다
잘 가라
죽음 쪽에서는 어떤 소리도 들리지 않는다
흔들리는 촛불들
어두운 벽을 만지듯
푸른 얼굴을 쓰다듬는다
부끄러움을 잃어버린 몸에 수의를 입힌다
삼베로 그의 얼굴을
세상으로부터 영원히 감춘다
장송곡이 울려 퍼진다
그의 체온이 노래를 타고
어떤 소리도 갈 수 없는 세상 밖으로 떠난다
텅 빈 몸을 관에 담는다

초연

아무것도 없는 비천함도
서로라는 사랑으로
바라볼 수 있다면
빛이 있으리

서성거릴 수밖에 없음에도
하늘을 읽어
묵묵히
걸을 수 있다면
산도 물도 흙도……
나와 함께한다고

수많은 별과 빛과 어둠 속에서도
영원히 아름다울 수 있는 건
나로 하여금, 나 때문에라는
마음의 별을 지닐 때 느끼는 시린 벅참이리

노만옥

2000년 《한국문인》 등단.

시집 『가시』 등.

한국문인협회, 국제펜클럽 한국본부, 국제펜클럽 한국본부 경기지역위원회, 안양문인협회 회원.

가을, 너를 부른다

류인순

2012년 《문학세계》 등단.

한국문인협회, 문학세계문인회, 한국문학방송(DSB) 문인회, 시와 그리움이 있는 마을, 파라문학회 회원.

갈색 그리움이 창가에 서성이다
마시는 찻잔 속으로 똑 떨어지고
깊숙이 묻어둔 사연 한 줌
구절초 향기 안고 그네 탄다

풀잎 향기 서린 뒤뜰엔
제풀에 지친 뙤약볕이 힘없이 드러눕고
한여름 내내 실눈 뜨고 있던 귀뚜라미
청아한 선율로 목청 높인다

하늬바람 소풍 나온 하늘가
양떼구름 새털구름 모여
쪽빛 도화지에 하얀 붓 터치로
화려한 그림 솜씨 뽐내고 있다
용을 그렸다가 여우를 그렸다가

미루나무 은빛으로 잠드는 밤
밤송이 달빛 먹고 속살 찌우고
감나무 가지 사이로 지나는
건들바람의 부드러운 애무에
풍요를 꿈꾸는 풋감들은
살짝 볼 붉힌다

겨울나무

너는 그저 서 있다
바람이 너를 돌며 형체를 드러낸다
바람이 너를 돌며 소리를 드러낸다
소리와 형체의 가득함이여
너의 가득함이여
그러나
너는 그저 서 있다

리영숙

1996년 《문예사조》 등단.

시집 『안개 소리』 『슬픔은 진실을 만나게 한다』 등.

한국문인협회, 국제펜클럽 한국본부 회원.

수양버들 흥흥거리고

명재남

2006년 《문학21》 등단.

한국문인협회 회원, 한국현대시인협회 중앙위원. 풍수지리 연구가, 순천 승주중학교 교사.

수양버들 흥흥
청하 한 잔 13도의 춘흥,
청청한 햇살 숲 아래
일없이 제 몸 헤작이는 물가에서
어린 귀를 잡고 소곤대다
겨드랑이 간질이다
실가지 어깨 짚고 발돋움하는
바람난 바람 엉덩이 실없이 툭 치다
지난 사월 햇빛 짱짱한 날 골라 수술한
왼쪽 옆구리 박박 긁어주다
수술 자국 파르르 지워주다
13도로 휘이청,
악기 놀이하듯 푸른 심장 하나 꺼내 탈탈 턴다
언뜻 도르르 말린다, 버들피리

바람 앞에서

해어름, 구름 뜨는 언덕에
너를 기다려 서겠노라
잎 트는 산가(山家), 옹달샘 퍼내가는 바람아

알록알록 색실 내어
앞산 바위나 친친 감고
댓가지 풀잎에 피리 부는 바람아

꿈꾸는 이파리의 아우성을
하늘에 대어 불어넣고
보일 듯 말 듯 그림 그리어
강물에 풀어가는 색(色)바람아

감기어라 바람아, 끝의 한 오라기까지와
기다리며 굳은 모가지에 휘감겨
네 부는 가락에 핏자죽을 쏟아놓아라

허물리는 살빛을
색(色)바람아 감고 돌아
네 빛 중(中) 진한 빛의
뜨는 달의 눈물을 그려봐라

너를 기다려 어두움에 서겠노라
어디선가 맴도는 색(色)바람의 울음아

문효치

1966년 《서울신문》, 《한국일보》 신춘문예 등단.

시집 『연기 속에 서서』 『무령왕의 나무새』 『바다의 문』 『문효치 시전집』 등.

정지용문학상, 펜문학상 등 수상.

한국문인협회 이사장.

복숭아꽃이 피었습니다

민문자

2004년 《서울문학》 등단.

부부시집 『반려자』 『꽃바람』 등.

한국문인협회 낭송문화진흥위원, 한국현대시인협회 홍보위원, 우리시회 이사.

도화야
구마루 언덕 너머
할머님께 이것 좀 갖다 드려라
예

개나리 울타리를 돌아서
꽃비 내리는 벚꽃 터널을 지나
개복숭아꽃이 활짝 핀 마을로
껑충껑충 발걸음이 가볍습니다

할머니이
오 내 새끼 어서 오너라
쑥버무리를 풀어놓는 도화의 뺨에
볼그족족 복숭아꽃이 피었습니다

목련

영성한 가지 사이에 매어달린 꽃봉우리
하얀 너
목련

살포시 내어민 입가에
배시시 묻어나는 미소는
무엇을 바램이뇨
그 하얀 너의 색깔은
겨우내 이고 다닌 잔설의 잔해드냐
아니면
누구도 용납하지 않을 너만의 경계드냐

개나리는 노란색
원추리는 파란색
산수유도 노란색이건만
너 홀로 희디흰 색 드러내며
나를 배척함은 무슨 뜻이드냐

기다려보마
그 꽃의 생명을 잃어
널따란 대지 위에 몸을 던지고
파아란 색으로 몸을 감쌀 때
너의 마음을 다시 헤아려보마

민형우

2006년 《아시아문예》 등단.

한국문인협회 회원. 코암 인터내셔널 부사장 역임, (사)푸른세상 사무총장.

제천 소나무

박광옥

1998년 《문학세계》 등단.

시집 『제천 소나무』 『송학산-노을』 등.

문학세계문학상, 한국시대상 수상, 대통령 표창.

한국문인협회, 한국시인협회, 충북문인협회, 한국문예저작권협회, 제천문인협회 회원.

청량리역 앞에서 제천 소나무를 만났다
소나무의 앞가슴에서 왠 고향 냄새가 날까
세월은 그 소나무에 무게를 준 거야
알 수 없는 무게를 준 걸 거야. 열아홉쯤 된 소나무가
몸을 비비 꼬고 손을 살짝 들고 있는 것 같은
젊은 소나무 세 그루가 서 있던 곳
휑하니 뚫린 길가에 황금 벼알과
마을을 지키는 노인과 통통하게 살찐 엉덩이를
삐죽이 내밀고 풍만한 가슴 쳐 받치고
치렁치렁 머리채 쓸어올리듯
중년의 소나무 세 그루 수다를 떨고 서 있던 곳
언제까지나 잠들고 있을 것 같던 곳
그 제천 소나무를 청량리역 앞에서 만났다
소금강에서 본 소나무는 껍질도 도장 찍은 것 같고
키도 시원하게 잘도 뻗어 하늘을 찌르는 건, 머슴애 소나무!
청풍 한 벽루 옆 강변에서 선비들 글 자랑 깨나 듣고 큰
소나무가 왜 몸을 비비 꼬고 있는가 의림지 소나무는 천년이나
묵었다면서
주책없이 몸을 비비 꼬고 서 있다
그런 제천 소나무를 청량리역 앞에서 만났다
제천역 가락국수집 앞에서 밤이슬 맞으며 서 있는 것을
엊저녁 보았는데 막차 타고 왔나 청량리역 앞에서
제천 소나무를 만났다

구름

구름은 산봉우리를 먹고
비누 거품처럼 사라진다

높은 산에
회색 커튼 쳐놓고
갈기갈기
낙엽처럼 떨어진다

무거운 안개 속에
번데기 몸부림치며
아픔을 이겨
해당화가 된다

소나기구름 천둥번개 소리
폭포수 되어 흘러내리고
사랑의 밧줄도 풀어진다

마음의 구름
어느덧 살얼음 지나
뼈 마디마디 마다
눈꽃 되어
태양을 바라본다

박기임

2005년 《창조문학》 등단.

창조문학 대상 수상.

한국문인협회 상벌제도위원, 《창조문학》, 《말씀과 문학》 운영이사, 국제펜클럽 한국본부, 한국현대시인협회, 기독시인협회 회원.

여로(旅路)

박대순

1989년 《우리문학》 등단.

시집 『갈꽃 줄기를 흔들며』 등.

대전문학상, 문학사랑 본상 등 수상.

한성신학대 교수, 대덕문화원 이사 및 감사 역임, 한국문인협회원, 대전문인협회, 호서문학회 회원, 지구촌사랑교회 담임목사.

바람꽃이 흩어지고 있다
어느 시문의 숲속에 들어와
밤새워 빈 행간을 떠돌고 있다

어슴스레 건너가는 남쪽에서
아픔이 돋아나는 나의 그루터기에 앉아
눈발을 하얗게 털어내고 있다

절룩이는 한낮
낙엽 앞에 멈출 때마다
잃어버린 둥지를 찾고 있다

물구나무선 하늘이 출렁거리면
미지의 갈대꽃도
검은 물줄기 따라
소나기 예감에 젖는가

하늘 울 밖으로 밀려나와
꽃우산을 푸르게 펼치고
이승에서 떠나는 빗소리
아직 채워지지 않은 시간은
부서져 우는 갈바람을 불러
벌레들의 뒷다리만 적시고
그렇게
빈 가슴 가슴마다
천연스레 흩어지는 하루를 모으는가

매

참 무서운 놈이다
휘휘 원을 그려가며
포만의 기쁨을 생각하면서
댓가지에 걸린 낮달을 낚아챈다
살아 움직이는 것
많은 것들 가운데
가장 살고자 하는 것만을 가려
짐짓 어깨의 힘을 빼고 배회하다
당차게 내닫는 기세
아무도
그놈의 눈을 직시하지 못한다
살기를 포기한 수치스런 동작을 비웃을 뿐
매는 두 번 다시
같은 표적을 겨냥하지 않는다
강가에서
모래성 쌓고 또 쌓던 애들이
제 그림자를 밟으며 돌아올 때까지
매는 빈 하늘에서
결코 내려오지 않았다

박상렬

1991년 《문예사조》 등단.

한국문인협회 회원, 서울시 교육청 인사담당 장학관, 서울시 서부교육청 교육장, 서울 미성, 대곡초등학교 교장.

누란의 미녀

국은 박석현

2007년 시집 『별바위』로 작품활동 시작.

시집 『은빛 수첩』.

《계간문예》 신인상 수상.

한국문인협회 회원.

수천 년 시간을 건너 뛰어, 미지의 낯선 곳에서
조상들의 흔적을 바람으로 전해주려고
유리관에 속에 누웠는가
금발의 머리에 오뚝 솟은 코
툭 튀어나온 광대뼈에 가느스름한 얼굴
알프스인의 알록달록한 의상에
바이킹족의 풍습 같은 관속에 사천년을 그대로 누워,
그 옛날 누란(樓蘭)의 호양나무 아래서
바람으로 떠돌던 사내들의
애상에 젖은 콧노래에 영혼을 걸어두고
조용히 눈을 감고 잠들었을까
당신은 피 한 방울 흘리지 않고 말라가면서도
아름다운 미소를 흘리며
꼭 움켜쥔 꿈의 씨앗을 놓지 않고
돌아오지 않는 지아비를 기다리고 있었을까
바람 따라 왔다가 바람처럼 사라져간
한 번 들어가면 나올 수 없는 타클라마칸
모래폭풍 속에
영혼의 꿈을 영원히 묻은 바람 속의 여자

사랑의 멜로디

난 이대로
마음 깊은 곳의 영혼의 잔물결
고운 시간의 사랑을
내 작은 쉼터에 메모하며

은은한 향기가
가슴으로 깊이 스며드는
나를 위한 연주를 하듯
수많은 향기의 너울들이
하늘을 채우고
내 가슴도 가득 채우고
미소를 담아준다

내 마음 쉼터에 깊이 새겨
사랑을 노래하며
영혼의 춤을 춘다
내 삶을 위해 지금처럼,

혜정 박연희

2009년 《한맥문학》 등단.

시집 『삶의 밑그림』.

텃밭문학문학상 등 수상.

한국문인협회, 한맥문학가협회 회원, 부산 청옥문학회 작가, 계간 《스토리문학》 동인, 한국문학방송 회원.

참샘 고을에

박영춘

2000년 《창조문학》 등단.

시집 『들소의 노래』 『패랭이꽃』 『아스팔트위에 핀 꽃』 등.

한국공무원문학상, 참여시문학상, 한국창조문학대상, 초동문학상 등 수상.

한국문인협회, 한국공무원문학협회, 한국창조문학가협회, 문학광장작가회, 세계문인협회 회원, 《해동문학》 편집위원.

사름이 참, 잘된
파란 논바닥에는
올챙이가 마냥 뛰어놀고
우렁이가 느물거리고
참게가 달을 바라보고
시름에 잠겼었지

참샘 고을에
으스름달이 뜨면
악머구리 맹꽁이 울음소리
그악스런 장단
등잔불 문풍지 뒤흔들며
한껏 요란스럽게 울어댔지

하루살이는
독수공방에 켜진 불꽃을 보고
문풍지 사이로 달려들어가
날개 접어 몸을 불태워버렸지.

무등산 오르기

박정이

2009년 《경남일보》 신춘문예 등단.

시집 『오후가 증발한다』 등.

한국문인협회, 국제펜클럽 한국본부, 한국시인협회 회원.

무등을 오르면 산을 오른다는 생각이 나지 않는다
가장 편안한 어린 시절의 우리 아버지의 등이거나 할아버지의 등이다
아버지는 언제나 그 등을 내게 다 허락하시고 나는 세상을 나가지 못했지만
그 등을 타면서 세상은 따뜻하다는 생각을 했다
사랑방에 계시던 할아버지는 재떨이에 담뱃대 톡톡 터시고
담뱃대 높이만 한 굽은 등을 내게 주셨다 등에서 내려와 본 세상은 사랑방만 하지만
시시각각 끓는 사랑방 온기로 하여 세상은 아침부터 한밤까지 가득가득 끓는다는 생각을 했다
세상을 버리고 떠난 아버지와 할아버지의 등이 산으로 솟아 있고 할아버지 기침 소리 듣고 싶을 때
산은 골짜기에 흐르는 물소리 아래로 내려보내고 남는 소리 내게로 허락한다
아, 세상은 나날이 가파르고 언덕배기 작은 골에도 숨이 막히는데 숨이 차고 차서 넘칠 때 나는 등을 오른다
등에서 세상은 들녘처럼 편안하고 등에서 세상은 제일 낮은 사람의 목소리 대숲을 돌아
겨우겨우 돌아 나오는 바람 소리를 낸다
그 바람 소리, 눈물이 나는 소리 같지만 내 어머니의 치마 치맛자락에 얼려 있는 내 어린
시절의 꿈이거나 우리 가문이 키워내는 가풍일지도 모른다
그리하여 등은 오르는 것이 아니라 등 아래 사는 사람들의 눈높이로 흐르거나
그 높이로 흐르는 굽 낮은 하늘 바라보는 자리, 무언의 자리이리

하늘에 구름이 무리지어 흐르고 무등은 그 자리 한 번도 어디론가 떠나가지 않고
우리 집 종손이신 아버지처럼 또 할아버지처럼 등으로 말하고
등으로 살고 있다

봄비

처마 밑을
봄비가 가늘게
빗금 그었다

빗소리는 늘
그 빗금을 타고
올랐다

난 조심조심
빗소리를 꼽았다

어느새
양손 가득 빗소리
넘치고

쨍그랑,
빗소리 하나 떨어져
깨졌다

봄이 그렇게
왔다

박종명

2010년 《심상》 등단.

시집 『사랑 한번 안 해본 것처럼』 등.

심상문학회, 한국문인협회 회원, 서울초중등문학창작교육연구회 '해토머리' 동인, 예일여자고등학교 교장.

새벽

박진구

2009년 《한맥문학》 등단.

2014 한국을 빛낸 문인(문학세계), 한국문인협회 회원.

해병대 하후 97기 원사전역(국난 극복기장, 국무총리, 장관 표창).

새벽 어스름 속에 스멀스멀 조는 가로등
덩달아 고래처럼 큰 도시의 빌딩도
도로 위에 꾸벅꾸벅 졸고 있다

회색빛 하늘 아래 줄지어 조는 차들
맨발에 닿는 이슬의 차가운 감촉이 싫지 않는 아침
이슬을 먹고 산다는 것이 힘든가

새벽을 쓰는 청소부
그 누구도 밟지 않는 새벽길이 힘이 솟구치고
새벽바람을 달리는 차들도
여명의 어둠을 뚫고 희망의 질주한다

새벽이 아름다운 것은
찬란한 아침의 희망을 품기 때문이요
오늘도 의욕 있게 시작하라는 메시지입니다

어머니는 짓무른 외로움에 돌아누우며 새벽부터
개미처럼 살아야 한단다

녹슨 못

녹슨 못 하나하나 펴서 박는 목공의 손놀림
새 못보다 녹슨 못이 좋다는 듯
모아놓은 공구함의 녹슨 못들
세월의 흐름 속에 생기는 녹
물 먹은 존재로서의 녹
나무와 나무를 잡고 놓아주지 않는 힘이 녹인가

녹슨 못 하나 찍어 논 흑백사진
삶의 여정을 잘 소화한 인간의 모습이다
성한 곳 없이 부식 된 못 하나에서 느끼는 카리스마
신의 은총이 내린 인간의 성숙함
녹슨 못

박진호

2011년 《문파문학》 등단.

국제펜클럽 한국본부, 한국문인협회, 동국문학회원.

시호(柴胡)밭을 매다가

박찬선

1976년 《현대시학》 등단.

시집 『돌담 쌓기』 『상주』 『세상이 날 옻을 먹게 한다』 『도남 가는 길』, 평론집 『환상의 현실적 탐구』, 설화집 『상주 이야기』 등.

흙의 문학상, 대한민국향토문학상, 이은상문학상 등 수상.

한국문인협회 상주지부장 및 경북지회장, 국제펜클럽 경북지회장, 한국문인협회 부이사장.

시호밭을 매다가
깨어진 사금파리 조각을 보았다

도(道)하시다 돌아가신
우리 할배의 골편(骨片) 같기도 한
꿈의 조각을 보았다

우물 속 새벽을 길어
한 솥 가득 기근(饑饉)을 달래고
진종일 맷돌을 갈다 허리 편
우리 님의 달도 보았다

밤마다 달을 빚다가
불가마에 활활 구워 조선을 빚다가
노을 진 서천(西天)에 학 한 마리
하염없이 하늘가를
낢을 보았다

시호밭을 매다가
시호 냄새가 나는
떨어진 일력(日曆)의 사금파리를 보았다

교실에서

다 떠나간 뒤는
바다를 해산(解産)한 아픔이 있다
어느 만큼은 비어지고
또 어느 만큼은 가득히 채워지면서
숙연히 노을 앞에 조아리는 것들……
파닥이는 온갖
산악을 넘어
사뭇 나를 해방하는 발돋움으로
지긋이 바람이고저
꽃이고저
그 멀고 가는 꼭대기에
나의 생명은 부서지는가 깨어지는가
지금 텅 빈 교실에 쌓이는
무한량의 폭음……
어디쯤 내려딛는 밤의 숨소리는
바닷속 흐르는 강이 된다
하늘이 밀려나간 벤치에 누워
달빛 삐걱대는 노를 저으면
꽃들은 저만치서 밀려오고
나는 핏기 잃은 알몸으로
별처럼 물 위에 눈을 뜨는가

박후식

1978년 《한국문학》 등단.

시집 「바다 그리고 사랑」 「손금」 「그녀의 집에는」 「흐르는 강」, 산문집 「도시의 저쪽」.

광주문학상 등 수상.

한국문인협회 회원, 고흥여자중학교, 화순중학교 등 교장 역임.

내 트렁크에는 무엇이 들어 있나

박홍순

2011년 《시문학》 등단.

시집 『내 트렁크에는 무엇이 들어 있나』.

한국문인협회, 한국작가회의, 한국시문학문인회, 동작문인협회 회원.

트렁크를 열었다

키 큰 검정 우산이 둘
체크무늬 베이지색 접이 우산이 하나
때 절은 차량청소용 먼지떨이가 하나
진창에 빠진 차를 끌어내는 데 사용했던 밧줄이 하나
우산을 꺼내 땡볕에 펼쳐놓고 잡동사니 하나둘 잔디밭에 풀어
놓았다
전기 드릴용 정이 두 개
새파랗게 질려 있는 이슬이 한 병
검정 시트에는 누드 못이 질펀하게 누워 있다

내가 트렁크를 언제 정리했던가
남한강줄기 바라보던 산길에서 슬쩍해온 솔방울 셋
황토빛 낡은 목장갑이 두 짝
붉은색 비닐끈 한 뭉치
전기용 검정테이프가 하나
등산용 지팡이 하나
검은색 주머니 속에 몇 년째 사용하지 않는 아이젠 한 벌
유리닦이용 세제 하나
광택제가 둘
갈색 미라가 되어 있는 각시붕어 세 마리

마지막으로 트렁크 바닥의 깔판을 들어냈다
거기, 쪼그린 사내 하나가 나를 째려본다

박꽃

어머니 미소 같은
박꽃이 피네,

노을 진 산마루에
초생달 머리에 이고
어머니 소복(素服)이 하얗게 피네

저녁연기 피어오르는
산기슭 초가지붕에
어머니 미소가 하얗게 피네

별들이 쏟아지는 한밤중
호롱불 밝혀놓고
밤새워 길쌈하다 헛기침하는 소리

정화수 떠놓고 손 모아 비는 마음
스치는 바람에 행여 귀 기울이면
부엉이 우는 감나무 가지에
기우는 잔월(殘月)이 소복(素服)으로 피네

방극인

1992년 《문예사조》 등단.
한국문인협회 회원.

사랑의 계약서

빈봉완

2013년 《국보문학》 등단.

한국문인협회 회원, 국보문학협회 수석 부회장, 문학박사, 한남대 객원교수.

우리 님의 아름답고 동그란 얼굴에는
송이송이 정다운 사랑이 피어나고
꽃보다 탐스러운 사랑이 피어나고
순수하고 감미로운 사랑이 피어나고
사랑은 마음에서 피어나는 가장 진실한 꽃

우리 님의 아름답고 널따란 가슴에는
오색찬란한 사랑이 피어나고
향기로운 사랑이 피어나고
천사의 사랑이 피어나고
사랑은 마음에서 피어나는 가장 황홀한 꽃

우리 둘이 황혼이 질 때까지
나눌 수 없는 한 몸 되고,
나눌 수 없는 한마음 되고,
가슴속에 빛나는 영혼의 동반자
이 세상 함께할 영원한 동반자

아름다운 세상을 동행하며
희망을 노래할 청춘계약서
청춘을 꽃피울 행복계약서
희로애락 엮어갈 인생계약서
이 세상 함께할 사랑의 계약서

들녘

냇물 속 뭉게구름 잡으러
송사리 떼 몰려다니면
놀라서 물 위를 뛰어다니는 소금쟁이들

목욕하면서 물속에서 부르면
하늘과 산들도
옷을 훌훌 벗고 첨벙첨벙 뛰어든다

푸른 벼들과 놀던 산들바람이
밤이면 살아나는 대나무숲 속으로
연한 어둠을 몰고 오면
징검다리 건너
집으로 돌아간다

서선호

2003년 《백두산문학》 등단.

한국문인협회 남북문학교류위원, 백두산문학작가회 회장, 대통령 자문 국가균형발전위원회 위원, 담양세계대나무 박람회조직위원회 홍보위원, 상명대 행정학과 겸임교수, 한국산업상담경영원 교수.

개망초

서영숙

2004년 《월간문학》 등단.

시집 『면벽 틈새에 촛불 켜다』.

열린시문학 금탑상 수상.

한국문인협회 문학관건립위원, 국제펜클럽 한국본부 전북지역위원회, 전북문인협회, 전북시인협회, 열린시문학회 회원, 한국문인협회 무주지부 회장.

돌아가지 않을 거야
이렇게, 온통 내 이야기로 수군거리는데

낯설고 천덕꾸러기면 어때
왜풀이면 어떻고, 왜풀때기면 어때
나, 그대 발길 닿는 곳은 어디라도 좋아
아무도 눈길 주지 않아도 개의치 않을 거야
허드레 땅, 버려진 집터면 어때
가슴앓이로 얼굴이 푸석푸석해도 좋아
울타리도 만들지 않을 거야
낯선 바람과 물선 이웃에 햇살 빌어
내 심지 곧게 뿌리내리고
그대와 어깨동무하고, 때론 시린 등도 기대가며
달빛 잠든 그믐밤엔 눈물로 별들과 키도 대보면서
가끔은 까르르 배꼽 잡는 수다를 떨다가
하늘 고함소리에 혼비백산해도 좋아
죽사발 팽개치듯 땅바닥에 나뒹굴기도 하고
동장군 칼바람에 더덕더덕 상처도 나겠지
봄이면 배시시 일어나 여시웃음 지으며
한 땀 한 땀 십자수를 놓고
이리저리 길 터놓을 거야
그 길, 풀벌레들 숨 재워놓고 한참 쉬어 가겠지
어디든, 그대 눈길 틈틈이
하이얀 얼굴 새록새록 열어 보일 거야

나, 억척스레 버틸 거야

연륜(年輪)·1

나무는
한 줄기 나이테를 위하여
엄동설한을 참는가 보다
칼바람 눈보라 몰아칠 땐
잎새 하나 없이 숨죽였다가
봄이 오면 다시 하늘 향해
더욱 높푸르게 활개를 펴고
생명의 환희를 구가하느니,
무덥고 지루한 여름 어느 날
태풍과 함께 폭우를 맞아
손발이 찢기고 부러져도
나무는, 나무는 끝내
땅속 깊이 뿌리를 내려
무성한 숲으로 하늘을 덮는다
요설의 도시 폭발하는 소음과 질주하는 분진을
하늘 향한 꿈 하나로 삭이면서 그렇게
나이테를 하나씩 더해가는가 보다

서정남

1988년 시집 『그날이 오면』으로 작품활동 시작.

저서 10권.

서초문인협회장 등 역임, 한국문인협회, 한국현대시인협회 회원, 국제펜클럽 한국본부 이사, 법무사, 선교사, 심리상담사.

조선(朝鮮)의 눈발

서지월

1985년 《심상》, 《한국문학》 등단.

시집 『소월의 산새는 지금도 우는가』 『백도라지꽃의 노래』 등.

중국 장백산문학상, 연변 민족시문학상, 연변 시향만리 문학상 등 수상.

한민족사랑문화인협회작가회의 공동의장, 현대시창작 전문강좌 대구시인학교 지도시인.

나는 지금 세계의 가장 평안한 소달구지에
실려가고 있다

아침상(床) 받으면
풋풋한 생채나물
그 미각을 더불어
어린 날의 서당골 물푸레나무
결 고운 길을 따라
잠 덜 깬 포대기 속 아이의
꿈결같이 굴러가고 있다

우리가 닿아야 할 예지의 나라
순은(純銀)의 밀알들,
바다와 강이 놋요강처럼 놓이고
능(陵)은 풀잎처럼 잠든다

문경새재에 눈이 내리면
청솔가지 꺾어들고 오는
하얀 버선코,
사슴의 무리가 눈을 뜬다
지붕 밑 동박새가 살을 부빈다

마을에서도 숲에서도
눈은 내리고
누군가 흰 고무신 눈발 속을
조심조심 미끄러져가고 있다

아침 신문 유액 위
'조선통사(朝鮮通史)' 가 빛나고
한 술의 배고픔보다 천 근의 무게로 울려올
우리의 풍악 소리……

몇 백 년쯤의 뒷날을 다시 생각노니,
지금 나는 세계의 가장 평안한 소달구지에 실려
아리랑 아리랑 아라리요
아리랑 고개를 잘도 넘어간다

굴렁쇠의 꿈

서효륜

2009년 《열린문학》 등단.

시집 『달팽이 해우소』.

한국문인협회 회원, 미래시학 부회장, 현대문학신문 편집위원.

명부전 앞 보리수 그늘 아래서
까까머리 동자승이
굴렁쇠를 굴리고 있다

머리통이 굴러가는지
목탁이 굴러가는지

돌부리도
산 그림자도
엉겅퀴도
풍경 소리도 따라 굴러간다

적막을 밟고
하늘을 향해 날아오르는
굴렁쇠

온몸이 바퀴다
온몸이 날개다

문 앞에서

나 여기 있습니다

거리의 먼지 뒤집어쓰고
돌아온
나 여기 있습니다

기다리시는 그림자
창에 비쳐
잰걸음으로 왔습니다

떠돌던 먼 나라의 설움에
눈물 섞어 안고
나 여기 와 있습니다

어둠 속 머언 발치서
아직 끄시지 않은
불빛을 따라

나 여기 와 있습니다

석정희

2004년 《창조문학》 등단.

시집 『문 앞에서』 『나 그리고 너』 『강』 등.

한국농촌문학상 해외특별대상, 한국문학예술상, 대한민국문학대상 수상.

한국문인협회, 국제펜클럽 한국본부 회원, 미주한국문인협회 편집국장 역임, 재미시인협회 부회장, 미주한국문인협회 이사.

그곳에 가고 싶다

성진명

2005년 《한울문학》 등단.

시집 『굿바이 B형』 『굿모닝 진안』 『여의주를 찾아라』 등.

진안문학상 수상.

한국문인협회 회원, 진안군청 재직 중.

산은 높고, 골이 깊어
산골이 된 동네
살구꽃 그늘 아래 선녀들 놀다 가고
낮은 데 갈아 나락 심고
높은 데 갈아 고추 따며 어우렁더우렁 살던 곳

칠석날 까막까치 오작교 밟으러 가고
노상 사립문 열어두어도
걱정 없는 곳

앞산에서 이야호 부르면
뒷산에서 호야이 답하고
성주봉, 큰 재 너머
나무꾼 장단에 신명나는 곳

산은 즐거워 더엉실 춤추고
물은 흥겹게 노래하는
꿈속에라도 발 벗고 달려가고픈 그곳

구천동(九千洞) 가을

성진숙

1994년 《문학세계》 등단.

한국문인협회 회원.

오라고
오라고 손짓하네
불타는 숲 뜨거운 가슴 열어젖히고

참는 것이 아파서
아파하는 사랑 혼자
태우는 마음 어찌할 수 없어

허리 휘감고 뒹구는 산
온몸이 무너지는 살빛
속 앓는 젊음 어찌할 수 없어
소유할 수 있는 것들
이제 흔적을 지우고

가야 할 길을 찾아
만삭의 몸으로 신음하는 산
구천동의 가을

한강

소상호

2007년 《문예춘추》 《문학세계》 등단.

시집 『초록빛 바람꽃 달빛에 오르다』 『파랑물고기』 등.

스포츠서울문학상, 한국문화예술대상, 한국신문예협회상 등 수상.

영등포문인협회 부지부장 역임, 한국문인협회, 세계문인협회 회원, 은평문인협회 이사.

한강이 눈에서 가슴으로 흘러간다
가슴속 먼 옛날의 갈대숲과 어느 해 겨울에 닫혀버린
그 기억들을 녹이며 흘러간다
나에게 주어졌던 봄, 여름 그리고 가을의 모퉁이를 지나쳐
억겁의 시간이라도 찾는 듯 저녁의 나라로 흘러간다
물러설 곳 없는 가을,
이즈음에 이르면 한강과 나는 서로 이심전심이 된다
몇 개의 벤치에 남녀들의 대화를 초대하는 법도
내 안의 풍경과 닮아 있다
한강이 오후의 나를 지나쳐 낭만 속으로 흘러간다
막 마르기 시작한 풀내음과 나뭇잎들의 고단한 속삭임을
낮게 품으며 곧 붉어질 저녁의 구름이 있는 쪽으로 천천히
사라진다
동성애를 꿈꾸는 듯 귀걸이를 한 사내와 또 하나의 젊은 남자
그들의 사랑을 가려주려는지 갈대는 밤이 되기 전 더 분주하고
이럴 때의 나는 내가 아니라 아예 강이 되려는
길이라도 찾듯 더 은밀한 기억 속으로 흘러간다
아직도 더 기다려야 할 그 무엇이라도 있음일까
나는 오늘도 생각 속에서 헤어나지 못한 채
웃다가 울고 있다

갈대의 갈노래

여름
몹시 무덥던 날
성숙했던 아픔을 아는지 모르는지
개울가 언덕에 서서
물 따라 흐르는 세월이 아쉬워
지나가는 바람 타고
온몸으로 부르는 갈대의 노래

싸르륵 싸르르륵!
가는 갈 아쉬워
팽팽한 현을 두들기는 바람
저들끼리 제 몸 부딪혀
제 살 뜯어내고
울려주는 갈대의
가을 변주곡

인간의 굴레
희생!
완숙한 삶, 그려지는
사모곡
눈이 부시고
귀가 향기롭다

손수여

2001년 《문학공간》 《해동문학》 《한국시학》 등단.

시집 『반추』 등, 산문집 『나누고 싶은 생각』 등.

국제펜클럽 대구아카데미문학상 등 수상.

한국문인협회 모국어가꾸기 위원, 국제펜클럽 한국본부 이사, 대구지역위원회 부회장.

환경미화원

손진명

2012년 《문학공간》 등단.

시집 『생각하는 갈대』, 산문집 『길 없는 길을 찾아서』.

한국문인협회 회원.

거리가 새벽을 클릭하고 있다
굳어진 밤의 심줄이 좀처럼 깨어날 줄 모른다
거리는 칼등에 살점 하나 내어준 희미한 달빛
이슬에 발을 담근 가로수는 무거운 몸을 하나씩 하나씩
내려 다음 계절을 리필하고 있다
바람도 가벼운 발걸음으로 심술궂게 가로수를
툭툭 치며 지나간다

한 사내가 리어카에 어둠과 달빛을 쓸어 담는다
빗자루가 테이프에 닿을 때 세상사가 흘러나온다
눈빛도 주지 않는 버려진 생활의 자국들
리어카에는 찌그러진 캔과 휴지 노래방기기들
잡동사니의 목 쉰 소리가 웅성거리며 흘러나온다

쓰레기통 안은 시골장터다
사내는 쓰레기통 안을 휘적거리더니 종이 한 장을 들고서
픽 웃는다 얼굴조차 기억하기 힘든
아름다운 나체들 또 놀러오세요 사내는 부끄러운 듯
얼른 광고지를 리어카에 집어던진다
리어카에 있던 사람들 깔깔 웃는다 사내는 못 들은 척
희미한 달빛을 쓸어 담는다 그리고는 버려진 삶보다
더 무거운 세상사를 끌고 간다
그 위로 새벽이 점점 더 두껍게 묻어 내리고 있다

빛을 위한 탄주(彈奏)

〈1曲〉

해는 몸을 살라 빛을 기른다
강심(江心)에 흩뿌리는 목숨의 뼛가루
어둠을 벌목하는 톱질소리
등성이마다 아침을 예감하는
해바라기 눈매여

〈2曲〉

마른번개 천둥 돌개바람
짜랑짜랑 울지 못하는 녹슨 목울대로
무슨 가락을 빚으랴
독충에 심장을 다 주고도
탐욕스런 황금의 손
톱날에 잘려 깊이깊이 떨어져 간 나락(奈落)
귀멀로 눈멀어 죽어가는 것들은
늘 꽃상여에 실려 갔다
가위눌린 별살의 꿈
비명(碑銘)이나 남아있을까

〈3曲〉

팍팍한 자갈밭으로 빈 수레를 끌고 떠난다
섬돌 위에 꽃신을 벗어두고
가시덤불 헤치는 맨발
둘러봐도 날 샐 기척은 없고
살갗에 배는 피얼룩
그 눈물과 절망의 깊이만큼
밤이 무너진다

손해일

1978년 《시문학》 등단.

시집 『흐르면서 머물면서』 『왕인의 달』 『떴다방 까치집』 등.

홍익문학상, 시문학상, 서초문학상, 소월문학상 등 수상.

농민신문 편집국장, 시문학회 회장, 홍익문인회 회장 역임. 한국현대시인협회 이사장, 국제펜클럽 한국본부 부이사장, 한국문인협회 이사.

〈4曲〉

겨울나무 매몰찬 가지
싸늘한 웃음소리
어둠의 명치끝에 햇살을 꽂을 때쯤
악전고투 끝에
우리의 육신은 쓰러져 뒹굴지만
아픔을 말하지 말라
불기둥 맞부딪친 섬광
푸른 넋들이 깰 때까지는

〈5曲〉

어디로 가고 있는가
유랑의 문턱에 닳아지는 발바닥
날아도 닿을 수 없는 순수의 끝
살과 뼈를 묻고도 잎새 하나 못 피운
허망한 몸짓을 버리고
더운 가슴 트고 사는 나무로 서자

〈6曲〉

미명(未明)을 날개 쳐
푸득푸득 은하(銀河)에 둥지 트는 불새
피가 배도록 부리로 물어 나른 빛
홰를 칠 때마다 깃털 한 오락 생살점까지
청댓잎새 살아나는, 오오
눈부신 채광(採光)

〈7曲〉

첫닭이 울면
어둠의 은밀한 자궁 속
탯줄을 가르는 햇덩이
빛나는 햇살의 옷자락
아침은 쩡쩡 하늘의 푸른 정수리를 쪼개고
늪 같은 잠 속
풋풋한 젊음이 깨어난다

낙엽 편지

송낙현

2011년 《예술세계》 등단.

한국문인협회, 한국현대시인협회, 예술시대작가회 회원, 서울 남대문 경찰서장 역임, 1993년 명예퇴직(경무관).

싸늘한 바람 우체부가 한마당 가득히 편지를 실어 왔다
빨간 색지, 노란 색지, 형형색색 오색무지개 수놓은 색지 위에
곱디고운 손으로 떨리면서 써 내려온 편지가 쌓였다

꽃내음 그득히 향기를 맡고
정겨운 풀벌레 노래 들으며
햇살 담고, 달빛 담고
이슬 머금어
울먹인 채
고이고이 사연을 담아
바스락바스락 읊조리며
작별을 고한다

나 또한 그네들에 아쉬움 보내며
던져준 모든 밀어 나이테에 담아
이 고랑 저 고랑 묻어두었다가
언젠가 그 고랑 넘쳐 나는 날
천년바위에 옮겨 적으리라
만년바위에 옮겨 적으리라

통영에서 띄우는 엽서

송문호

2002년 《문학예술》 등단.

한국문인협회, 국제펜클럽 한국본부, 한국공간시인협회, 한국문학예술가협회, 대구문인협회 회원.

일몰의 남해
먼 바다를 끌어안고 섰다

바람의 깊이로
숨결을 모으는 바다
수평선 위로
귀소를 서두르는 갈매기의 원무

가을 바닷바람에
흘러 멈춘
목선(木船)이
그대를 향한 기다림으로
흔들리고 있다

문득 낮달처럼 희미하게
가슴을 파헤치고 흐르는
목마른 그리움
그것은 가을날
풀잎 같은 세월의 회한인가

사랑하여도
사랑하여도
늘 채워지지 않는

길어올려도
길어올려도
늘 마르지 않는

샘물 같은 아내여
푸른 바다처럼
건강하길 바라오

늦가을 일몰의
통영 바닷가에서……

삶의 무늬

지금
황혼이 짙어지는 길목에서
지난 삶을 돌아보는 노을빛 꿈새

비바람 따라 흔들리며
피는 꽃 지는 꽃에 웃고 울던
생존의 흔적

셀 수 없는 많은 얻음과 잃음
희로애락의 밀의(密意)로
어둠과 밝음이 선연한 삶의 무늬

벌거벗고 멍들고 쓰린
제 몸을 다듬으면서도
웃음을 잃지 않고
푸른 하늘로 날아오르는 목숨의 빛깔

이제 삶과 죽음의 경계에서
삶의 무늬
일곱 빛깔 고운 무지개처럼
아름답게 마무리하기 위해
서둘러 자연으로 돌아가
별꽃나무에 둥지를 튼 꿈새

마음 깊이에 숨긴
시혼의 숨결을 연주하며
해와 달과 별을 노래하는 빛날개 펴라

산정 시우미

2009년 《조선문학》 등단.

시집 『삶의 무늬』.

파블로 네루다 탄신 105주년 기념 수필부문 최우수상, 동백문학상, 대한민국문학대상 수상.

조선문학문인회, 국제펜클럽 한국본부, 한국문인협회 회원.

아나고

신영옥

1994년 《문학과 의식》 등단.

시집 『스스로 깊어가는 강』 『흙내음 그흔적이』 『오늘도 나를 부르는 소리』, 영역시집 『산빛에 물들다』 등. 「기다리는 마음」(김동환 곡) 등 80여 곡과 교가, 군가 작사.

한국문인협회 저작권위원. 국제펜클럽 한국본부 회원, 한국현대시인협회 중앙위원.

밴장어는 거꾸로 매달린 채
물 한 방울 남김없이 상 위에 올려졌다

횟감을 좋아하던 그들은
하얗게 바래진 속살을 즐기며
알코올의 무게만큼 터져나오는
웃음과 언어들의 홍수

구멍 뚫린 그물 속으로
살아있는 것들에 밀려나
살아가는 관습에 젖은 그들은 옷을 벗고
그리고 또 옷을 입는다

노을빛 물보라가
모래톱을 쌓아갈 때도
바다가 그리운 뱀장어는
파도처럼 갯바위에 이마를 부빈다

아름다운 조화

신윤호

2005년 《문예사조》 등단.

시집 『사랑 뒤에 오는 사랑』 『하늘 꽃구름 위에 누워』.

한국문화예술 문학상 등 수상.

한국문인협회 정보위원, 민족문학 부총재, 서라벌문예 부회장, 다온문예 고문, 미소문학 고문.

어느새
산천의 초록빛
싱그러운 물결 가득 넘친다

겨우내 얼어붙은
태양의 눈물 속에
들풀이랑 숲나무
목말라 헐떡이며 지쳐 있는데

터진 입술로 흘린
가녀린 신음을
하늘이 들은 것일까?
쨍쨍 빛나던 햇살
살그머니 고개 숙이고

나뭇가지 흔드는 바람이
먹장구름 불러와
황토빛 어머니 눈물로
마른 대지를 적신다

반가운 빗방울 리듬에 맞춰
꿀꺽꿀꺽 식물들이
마른 목을 축이고
금세 생기를 찾는다

아름다움을 빗어내는
자연의 조화로움

그들만의 법칙과 섭리 앞에
다시금 겸손을 배워야 할 시간이다

장미꽃은 피었다

신정일

2012년 《한국문인》 등단.

시집 『꽃빛 햇살』.

한국문인협회 회원.

은 모래알 반짝이는
별꽃 쏟아지는 밤
바람 스치는 대문 소리
맨발로 뛰어나가 문 열고 보면

한밤중 희미한 가로등
불빛만 졸고 있는데
눈 흘기며 뒤돌아보던
매서운 겨울바람뿐
소식 없는 우리 님아

눈물 탄 물대포
돌멩이가 난무하던 시절
타는 촛불 녹아내리는 그 눈물
애 끊는 흙 속엔 검정콩이 한 섬이라

먹구름 소낙비 지나고 눈부신 햇살
메논*의 화살은 과녁을 빗나가고
쓰레기 속에서 장미꽃은 피었다*

끈기와 인내로 피운 꽃
위대한 국민이여
한강의 기적을 이룬
자랑스러운 대한민국이여

*
1955년 10월 UN 한국재건위원회 인도 대표 메논이 한 말. 그러나 대한민국 국민은 아름다운 장미꽃을 피워냈다.

우산 하나

신표균

2006년 《포스트모던》, 2007년 《심상》 등단.

시집 『어레미로 본 세상』 『가장 긴 말』, 참꽃시 100인 선집 『참꽃』(편저) 등.

대구문인협회 부회장, 한국문인협회 달성지부 회장 역임. 한국문인협회 대외협력위원, 일일문학회 부회장.

산길 따라 오르는 무덤가에
날개 접힌 우산 하나
봉분 베고 멍하니 누워 있다

누가 언제 고려장 치른 것인지
맨몸에 홑껍데기 걸치고
흰 무서리 밤새 뒤집어쓴 채
오들오들 새벽을 떨며
임종 맞으려는가

뜨는 해 맞으러 가는 길
저도 돌아누워 하염없이
마른하늘에 흰 구름 한 점 부르고 있는
늙은 우산 하나

너에 대한 단상

보랏빛을 배경으로 한 저녁놀이 질 무렵이었지
너는 강둑을 걷고 있었다
두 손마저 사색에 잠긴 듯한 모습으로

뭉게구름들은 머리 위에서 흐트러지고
고추잠자리들이 어수선히 날고 있었다
나뭇잎은 단풍처럼 곱게 물들 줄 모르고
성급히 말라가고 있었다

공자와 맹자의 말귀들이 하늘을 나는 새들처럼 너무 높다
위태한 정감들이 잘 절제된 돌멩이들로 강변을 수놓고
강물은 은빛이었다 걸음은 다정했고
가을은 성숙을 독촉하고 있었으나
강물의 흐름은 느렸다

주로 그림의 주인공들은 특별하다
자연과의 조화에 의해 마련된 한 폭의 풍경이었다고나 할까
그림 속에서도 너의 모습은 아련히 멀었다

신혜경

2008년 《현대시문학》 등단.

시집 『걸어온 길로 놓은 어설픈 징검다리』 『들고 있던 항아리』 『태양의 변주곡』 『서랍 속의 작은 나』 등.

임화문학상작가상 수상.

한국문인협회 회원, 독서논술지도사, 한국웃음운동지도사.

수족관 속 풍경

안성식

2007년 《문학예술》 등단.

한국문인협회 회원.

빼딱하게 보아야
바로 보이는 것인가
바로 보아도
빼딱하게 보이는 것일까
빼딱한 세상 등에 지고
바닥에 납작 엎드려
출렁이는 세상을 본다
수직으로 구겨진
굴절된 벽 너머 일그러진 반영(反映)
눈 하나 귀 하나
입이 두 개다
들숨 날숨 길게 짧게
빼딱한 세상 내려놓고
추락하는 비상을 접어
부상(浮上)을 꿈꾼다
진화를 끝낸 수족관 속 UFO

지금, 지구 궤도를 벗어나
무중력상태의 별천지로 이동 중

아내

그대 눈동자는
새벽에 피어난 샛별
반짝반짝 빛을 냅니다

그대 입술은
한 송이 꽃처럼
아름다움을 안겨줍니다

그대는
내 가슴이 시려올 때
따뜻한 보온병처럼
온정을 느끼게 합니다

나
그대 있음에
행복의 울타리에 머물고 있어요

안중태

2007년 《문예사조》 등단.

시집 『그대가 아름다운 것은』 등.

한국문인협회 회원, 심정문학회 편집위원 및 이사.

저기 파란 하늘이

안치수

2002년 《문예사조》 등단.

시집 『저기 파란 하늘이』 등.

짚신문학회이사, 중고등학교 교장, 장학관 역임, 한국문인협회, 한국자유시인협회 회원, 수원애경문학회 회장, 용인수지문학회 감사.

드높고 파란 하늘 저 멀리
엷은 구름조각 흘러간다
잔잔히 흐르는 저 안에
내가 있고 내 마음이 있다

푸르름의 활기는 저곳에 있고
이제 나는 허울만 남아
베게 빈 몸 구석구석엔
끊임없이 몰래 흘러나가고
저 구름 사이로 달려가고 있다

모두들 버리고 떠나는 것에
찾아오는 건 고랑의 흔적인가
저 파란 곳엔 푸른 꿈이 잠들고
그리움이 깃들어 있다

의와 평강과 희락 향기 가득한
저 하늘엔
그분의 향기 풍겨나고
새 생명의 소리
더 밝고 새롭게 펴져가리

새 생명의 열매
속속들이 영글어가리
이제는 마음도 가볍게
새 빛 찬란한 그곳을 향해

알고 있나요 당신은

안효진

2008년 《시사문단》 등단.

한국문인협회 회원, 남양주
여성문학회 수석부회장.

유유히
저 하늘의 구름에 실려서 흐르는
조각달 가듯 주워 담을 수 없는
꽃다운 시간이 하도 아까워
뒤돌아보면
안개꽃물보라가치네

짙은
저 하늘의 구름에 실려서 흐르는
땀방울로 수놓는 인생지도책
가만가만한 속삭임
쉬어가라고
시원한소나기내리네

창 너머
저 하늘의 뭉게구름에 실려서 흐르는
바람에 일렁이는 숲 파도를 쳐서
녹음방초 짙은 향기에
세상만사를
그냥 잊어버린다

갈라지는 바다

양왕용

1966년 《시문학》 등단.

시집 「갈라지는 바다」 「섬 가운데의 바다」 「버리기, 그리고 찾아보기」 「로마로 가는 길에 금정산을 만나다」 등.

시문학상 본상, 한국크리스천문학상 등 수상.

부산대 명예교수, 한국문인협회 부이사장.

새벽에 두 손 벌려 다가오는
알몸뚱이
내 침실에 찬물 쏟고
지느러미의 칼날 같은 파동(波動)에
햇빛으로 부딪쳐 토막 난다
관능의 이 물체들은
때 묻은 자세로 춤추다가
하이얀 해변에서 숨죽인다
음악과 철학이 난파하여
하부구조부터 변질한다는
그 해변이다
조각조각 밀려오는 난파물들은
모래톱을 지나
해일과 더불어
뭍으로 침범의 기회를 엿본다
두개골 사이의 뇌장(腦漿)은
변질의 구조를 거역하고
알코올의 공급만 기다리다 지쳐
목이 긴 사슴이다
바람이 부는 날
뇌장(腦漿)은 사랑으로 침몰된다
수평선이 흐려지면
추상화가들이 몰려와
물감을 자유로 짓이겨 창작하고
넓은 아틀리에에서 커피도 마시며
잠도 잔다
번쩍이는 예지(叡智)의 눈초리는

이 날에도
갈라지는 바다를 응시하고
낮달이 걸린 가교 위에는
감성과 지성이 손잡아
흔들흔들 걷고 있다
갈라지는 바다는
어두운 그믐밤이라도
태양 아래라도
갈라지는 순간
표정을 잃어버린다
진실을 잃어버린다
증오의 희열도……
흔들거리는 가교의 그림자도

귀가 낮아진다

양윤덕

2012년 《시와 소금》 등단.

시집 『흐르는 물』.

한국현대시인협회 간사 역임, 한국문인협회, 국제펜클럽 한국본부, 안양문인협회, 시산맥 회원, 여성문인회 동인, 계간 《문예》 작가회 이사.

나무들마다 초록 귀를 열고 있다
입이 뾰족한 소리, 입이 긴 소리, 입이 둥근 소리가 빨려들어
간다
사계가 차례차례 빨려들어간다
침묵 한 채 집이 된다

때로는 갉아 먹혀도, 분비물에 뒤덮여도
소리의 주춧돌은 더 단단해진다
질서에 순응한다

바닥에 닿는 소리를 들으려고
귀가 더 낮아진다
몸 아래로 내려간다

귀는 끊임없이 떨어져내리고 자라기를 반복한다
처음 자란 여린 귀는 소리들로 더 단단해진다

계절을 견뎌낸 나무는 비로소
초록귀로 푸르러진다
집이 되어줄 소리들이 숲의 영령처럼 떠돈다

나무가 불에 탄다
타고 남은 재는 귀가 마지막으로 쏟아낸 소리다

바닥으로 떨어져내린 소리는
상류로 흘러 다니기도 하고 하류로 흘러내려간다
때로는 시궁창으로 쏠리기도 한다

귀는 끝까지
소리를 소리로 담기 위해 낮아진다

다림질

양채운(양영분)

2010년 《대한문학》 등단.

시집 『봄·이야기』.

한국문인협회 회원, '글빛' 동인.

휘-익
정을 뿌린다

하얗게 부서져
사뿐히 내려앉은 가냘픈 속내

구겨진 옷깃에
매달려
지난 시간
곱게 펴 접는다

따뜻하게
꿈을 담아
어루만지는 수줍음

뜨거운 가슴에 꽃으로
되살아나는 백옥 같은 순결

휘-익
마음을 뿌린다

세상을
다림질한다

달의 동냥

창밖
앙상한 나뭇가지 위
얼굴 갸우뚱한 달
하얗게 부어올랐다

소한(小寒)
칼바람에 쫓기어
빛 따라 동냥 온 걸까
맨발의 성냥팔이 소녀처럼
목 훤히 드러내고
얼음꽃 맺혀 휘영청
절룩거린다
아랫목 온기 구걸한다

가만히
손바닥 위
수란(水卵)처럼 올려
따끈한 손길 내어준다

엄영란

2010년 《문파문학》 등단.

시집 『그리움, 이유』, 동요 「무지개 마을」 외 다수 작사.

창시문학상, 시계문학상 등 수상.

창시문학회 회장 역임, 국제펜클럽 한국본부, 한국문인협회, 한국음악저작권협회 회원, 문파문학회 상임이사.

뭉게구름

여학구

2009년 《한맥문학》 등단.

시집 『꽃으로 피워낸 삶』 등.

한국문인협회, 한맥문학동인회 회원, 나라사랑한국문인협회 이사, 계간 《문예》 작가회 중앙위원.

가을하늘 수놓은 뭉게구름
무대에선 배우처럼 연기력이 좋구나

북극의 빙하처럼,
초원의 밀림처럼,
두둥실 두리둥실 바람 따라 흐르더니

어느새
나비처럼 춤추는
꽃대궁이 되어 있네

저리도 자유로운 목화밭의 숨소리
내 가슴에 담고 사는
사랑의 문양(紋樣)도 만들어주렴

사과를 깎으며

나는 지금 사과를 깎으며
내 젊음의 향기를 맡는다
벌레 먹은 사과가 더 맛있다며
흠집 가득한 사과를 요리조리 재단하여
노란 꿀이 섞인 싱싱한 쪽만 잘라주시던
어머니의 맛까지

나는 지금 사과를 깎고 있지만
세월을 깎고 있는지도 모른다
풋풋한 향을 넘치도록 머금고
삶의 저쪽에서
아직도 나에게 미소 짓고 있는
그를 만나고 싶어서

나는 지금도 사과를 깎는다
작은 사과 한 알을 깎으면서도
넘치도록 피어나는 향수에 젖고
잡힐 듯이 안겨오는 지난 세월에
발갛게 익어버린 너를 만지며
뜨거움을 느낀다

나는 아직도 사과를 깎고 있다
추억 한 껍데기
그리움 한 껍데기
그리고 눈물 한 껍데기를
발가벗은 속살은
아름다운 사랑덩어리가 되어
내 가슴에 하얀 꽃 피운다

오무임

2009년 《문학세계》 등단.

한국문인협회, 문학세계문인회, 《수필과 비평》 작가회 회원.

알아요

오선장

2009년 《스토리문학》 등단.

시집 『사랑의 그리움 그대는 아는가』 등.

한국문인협회 회원, 국제펜클럽 한국본부 회원, 표암문학회 이사.

시낭송가, 칼럼니스트, 7H 강사.

알아요
언덕 넘어야 다른 세상 있듯이
당신에게도
언덕 넘을 시간이란 걸

알아요
고비 넘어야 다른 세상 있듯이
당신에게도
사랑 넘을 시간이란 걸

넘지 않으면
과거와 똑같은 세상뿐이지만
어렵지만 넘을 수 있다면
미래 탄생시키는
아름다운 세상 만들 수 있다는 걸

모든 걸 다 버리고
모든 걸 다 태우고
모든 걸 다 비운다면
가능하리라

알아요
희망 잡아야 다른 차원 있듯이
당신에게도
차원 넘을 때라는 걸

선물

열 살 때 누나로부터
시집 한 권을 선물로 받았지요
어느덧 강산이 네 번 바뀌었네요
그때 받은 시집의 제목은
『찬란한 슬픔의 봄을』이라는
시집이었습니다
40년이 흐른 후 김영랑 시인의
「모란이 피기까지는」 시를 읽다가
마지막 구절에 '찬란한 슬픔의 봄을'
이라는 구절이 있음을 발견하고는
얼마나 기쁘고 깊은 감명을
받았는지 모릅니다
다른 시구들은 기억에서 모두
사라졌어도 그 '찬란한 슬픔의 봄을'
이라는 구절만은 저의 기억 속에서
샘솟아 흐르고 있었던 것입니다
시를 쓴다면 그러한 시를 써야
한다는 생각이 듭니다.

우태훈

2007년 《좋은문학》 등단.

시집 「당신도 행복했으면 좋겠습니다」 「겨울바다」 「내 고향 인천광역시」 「눈길을 밟으며」 등.

시와수상문학 대상, 고려문학상 대상, 매월당문학상 대상 등 수상.

한국문인협회 회원

보석

유순자

2006년 《남서울신문》 신춘문예 등단.

한국문인협회 금천지부 회장 역임. 이대동창문인협회, 한국가톨릭문인회 회원.

호박(琥珀)이라고 하는 보석을 보았어요
자세히 들여다보니 곤충이며 낙엽 부스러기
가슴에 품어 안은 송진이
땅속에 묻혀 천년
솔바람 산내음도 버무려 다시 천년의 인연으로
굳어진 황색 투명한
보석이 태어났대요

불붙는 열정
애타는 그리움도
가슴속에 오래 묻어두면
보석이 될까요

세상사 일렁이는 불씨
마음속 얼음덩이 숯덩이도
가슴속에 오래 묻어두면
저리 빛나는 보석이 될까요

인력시장

드럼통을 넘나드는 시뻘건 불길이
기세 넘게 덤비지만
등짝에 맴도는 한기(寒氣)에는 역부족이다
미장공 김 씨가 동전 몇 개로
자판기의 허기를 달래주고

가본 적 없는 교회지만
붉은 십자가를 보며 중얼거린다
오늘은 제발 잡일이라도 주시기를
귀에 꽂았던 꽁초에 불을 붙이면
타들어가는 속은 쓰디쓰게 흩어지고

오늘도 기도는 약발을 받지 않았다
골목을 나선 그림자 하수구에 처박히고
아내가 싸준 도시락은 집에서 먹을 것이다

유영호

2008년 《만다라문학》 등단.

시집 『혼자 밥상을 받는 것은 슬픈 일』 『바람의 푸념』 등.

가오(佳梧)문학상 수상.

《주변인과 문학》 편집위원.

액자

유회숙

1999년 《자유문학》 등단.

시집 『나비1 나비3』 『꽃의 지문을 쓴다』 등.

지식경제부장관 표창.

한국문인협회 제도개선위원, 한국현대시인협회 감사, 한국편지가족 명예회장.

11월의 끝. 고정되어 있는 봄이다 ***봄***
곤충의 눈처럼 투명한 유리 안 ***보채는***
누가 쏘아올린 작은 꿈인가 ***봄 봄 봄***
무거운 기억이 기척 없이 ***옹알이 하듯***
방금 도착한 전보처럼 ***보이지 않아도***
그렇게 찾아오는 봄 ***어둠 가운데 누워***
어둠 가운데 누워 ***그렇게 찾아오는 봄***
보이지 않아도 ***방금 도착한 전보처럼***
옹알이 하듯 ***무거운 기억이 기척 없이***
봄 봄 봄 ***누가 쏘아올린 작은 꿈인가***
보채는 ***곤충의 눈처럼 투명한 유리 안***
봄 ***11월의 끝. 고정되어 있는 봄이다***

달

억겁(億劫)의 세월을
휘저어 돌고 돌아도
나는 땅 위에 서 있고
너는 하늘에 걸렸구나

세파에 실려
나는 갈잎으로 흔들리며 살고

구름에 실려 만인의 연인으로 살고

또 다른,
천 년을 기다려야 하는가

환생을 꿈꾸며
한밤을 출렁이는 목 쉰 서러움
절여진 나의 긴 그리움은

윤인환

2003년 《문학사랑》 등단.

시집 『길을 걸으라 길 위에서 보라』.

한국문학작가연합회 회장, 화성문인협회지부장 역임, 한국문인협회 회원, 화성문인협회 감사.

붉은 병동 담쟁이넝쿨

윤재학

2008년 《문학사계》 등단.

시집 『내가 쏘아올린 화살』 등.

한국문인협회 회원.

붉은 병동, 담쟁이넝쿨……

이는 마치, 겨울 내내
갈수기 물길과도 같은 혈관에
때맞추어 링거주사라도 놓은 듯
눈부신 봄 햇살을 따라 줄기마다
하루하루 다르게 번져가는 부활의 몸짓

그것은 봄을 맞이하여
자연이 그려내는 한 폭의
더할 수 없이 아름다운 수채화
하루가 다르게 짙어가는 연엽의 향연
붉은 화폭을 뒤덮은 그린피스의 초록색 깃발

드디어 열린 창문에선
겨울을 이겨낸 화사한 얼굴들
봄햇살 사이로 이는 구름과 바람
자연이 이루는 평화가 이곳을 스쳐가노니
봄은 정녕 죽은 듯 잠든 영혼마저 깨치는 계절

사랑의 뒤안길

싱그러운 봄기운이
따스한 햇살의 바람 옷 갈아입고
황홀하게 나풀댑니다

노랑꽃 산수화가
초록 향기에 취해
쪽다리 오솔길로 질러옵니다

희망이 샘솟는 사랑의 뒤안길에서
요동치는 대지에 앉아
설레는 마음에 돛을 달고
한없이 헤엄쳐봅니다

음양희

2012년 《한맥문학》 등단.

춘천지방법원 배심원 역임,
한국문인협회, 《문예사조》
춘천지회, 호반문학회 회원.

운무를 그리는 화가

이경옥(부산)

2008년 《한맥문학》 등단.
한국서정문학 대상 수상.
한국문인협회 회원.

하늘로 오르는 환희였다
아래로 보이는 구름은
침묵 속에 팽창하는 시간 찾아
가히 날개를 달았다

시시각각 펼쳐지는
물방울무늬의 미소로 피어난
운무의 그림들은
녹슨 시간 안에 햇빛처럼
내 아직 그려내지 못한 수채화
하지만 하늘을 두 눈 가득 담아
언젠가 상상의 나래 속에
내 다시 그려낼 그림이다

화폭에 그려지는 것을
마음으로 그려낼 때
꽃잎 하나씩은 지닌
또 다른 화가의 그림이 된다

무화과나무

이계순

2014년 《국보문학》 등단.

한국문인협회, 국제펜클럽 한국본부, 가톨릭문인회 회원

땅속 깊이 뿌리내려
비바람 햇빛 듬뿍 받아
튼실하게 자라야 하는데
너는 어찌 베란다 한구석 화분에서
궁색한 모습이구나

진정 너의 소중한 꽃은 무시당한 채
너에게는 화려한 꽃도
매혹적인 향기도 없이
너는 원망 대신
예쁜 열매를 올망졸망 달았구나

목마르고 배고프진 않을까, 덥지는 않니
너의 그 소중한 것이
행여 병약해 떨어질까 염려스러워
아침저녁 너를 들어다본다

무릇 생명체는 사랑받으며
관심 속에 살고 자라는 것
너를 보면서
대자연을 마련하신 고마우신 분
그를 떠올린다

봄볕

이광식

2010년 《시사문단》 등단.

시사문단문학상 대상, 북한강문학상 본상 수상.

한국문인협회, 국제펜클럽 한국본부 회원. 서울충암초등학교 교장.

갓 깨어난 여린 가물치
물결 따라 길 떠나고

무심히 흐르는 강 언덕
꿩 한 쌍 풀숲을 더듬고
참새 떼 우르르 솟구치며
합창하는 봄

산책 나온 노인의 거친 숨결에도
어린 손자 달음박질로 달아오르는 봄볕
아뜩아뜩 새순 움트고
스륵스륵 나무에 물오르는 소리

켜켜로 세월 이고 산등성이 지켜온
거북바위 틈새
아기 손톱처럼 피어나는
노릇한 들꽃의 수줍은 얼굴

전자레인지

플러그를 연결한다
비로소 핏줄 도는 몸
언 사고를 해동한다
조금씩 풀어지는 사색
뭉친 마음 30초만 가열하면
맺힌 매듭 헐거워진다
날것 풋냄새 고약한 내 자존심
빙빙 몇 바퀴쯤 익히면
해맑게 완숙될까
그 안을 거쳐나오면
느슨하고 부드럽게 변신함을 본다
데글데글 오만한 옥수수 알갱이를 보라
순식간에 환한 얼굴로 되돌아나옴을

때도 없이 불쑥불쑥 어지러운 감성들
필요할 때마다 렌지 안에 몇 개씩
퐁, 소리 나게 익혀 뜨거울 때 재빨리
후후 불어 키 맞춰 조르륵 나열하고 싶다

이근숙

2003년 《문학산책》 등단.

시집 『생각들이 정갈한 저녁』, 산문집 『두루미 날개 접다』 『텃밭 둘레길』, 〈군포신문〉 리포트, '산촌통신' 70회 연재.

《문학이후》 자문위원, 《문학이후》 작가회 동인, 안양문인협회, 시문회 회원.

모국어(母國語)

이내무

1989년 《동양문학》 등단.

시집 「억새의 노래」 「설화산」 「바람 부는 지평」 「아버지 영토의 나무」 등.

한국시문학상, 노산문학상, 예총 예술문화상, 충남문학 발전대상 등 수상.

西岸詩문학회장, 한국문인협회 아산지부장 역임, 한국문인협회, 한국시인협회, 충남시인협회 회원.

그것은 뇌세포로 스미어
수억만의 영혼을 나래치는
파랑새 새끼들

심장에 발효된 사랑의 과즙이
핏줄 타고 영생을 흐르는
갈맷빛 가람

당신에게서 이어져 그대에게 되물리는
가멸찬 생명의 단물
아지랑이 피는 정

어눌한 나에게
예지의 샘물 부어주는
세례 하는 마법사

영혼의 비상을 위하여
막힘없는 가람의 흐름
생명의 샘 넘치도록 사랑하리

솔개의 눈

저기 지쳐 누워 있는 강 건너 이랑은
지난해 늦가을까지도
청청한 무밭이었다

추위에 떨던 임진강
화이트교* 강철 교각에 부딪혀
상처 난 강물이
빙그레 웃으며 서해로 간다

북녘 산하는 아스라한데
전선의 강마을이
낮닭 우는 소리 듣는다

군자산 팔부능선
봄볕에 웃옷 벗은 묘지 위를
높이 떠 맴돌며
남북을 조감하는
솔개 한 마리

이돈희

1997년 《내일의 시》 등단.

한국문인협회 연천군지부 고문, 한국시인협회, 한국경기시인협회, 청시 회원.

* 화이트교 : 6·25 당시 미군 공병 화이트 소령이 급조한 임진강 중류에 있는 가교.

고향에 가면

이말용

2005년 《문예춘추》 등단.

시집 『장기꽃시편』 등.

법무부장관상, 연암문학예술상 등 수상.

한국문인협회 회원.

청솔꽃 피는 고향에 가면
호미자루 움켜쥔 어머니 그림자가 좋아라

산꽃망울 맺는 삼월 여울빛
실개천 개구리 울음소리 좋아라

민들레 노랗게 웃는 뜰 안
주인 잃은 문패 씻는 아지랑이가 좋아라

코흘리개 웃음 일어서는 골목길 걸어가면
봄볕에 졸고 있는 낡은 싸리문 기다림도 좋아라

길섶의 찻집

길섶 호젓한 찻집
풀냄새 흙내음이
발길을 멈추게 한다

커피 찻잔 속에
불세출 가수
배호의 노래가 솔솔 풍긴다

벤자민 잎사귀 사이로
지인의 모습과 목소리가
보일 듯 말 듯 귀를 간질인다

만날 수 있다면 가슴을 열고
지난날의 못 다한 사연들을
길섶 찻집에서 풀어헤치련다

이병두

2010년 《아시아문예》 등단.

시집 『에덴동산의 노래』 등.

한국문인협회, 푸른세상(아송문학회) 회원, 원주 시가 흐르는 교회 목사.

론 사이프레스

이병호

2012년 《신문예》 등단.

서울문예창작상 시무분 수상.

미국방외국어대 한국어과 교수 역임. 한국문인협회 회원 및 미주지회 이사.

타고난 운명인가 보다
한 번도 땅 위에 발을 내딛지 못하고
온갖 세월의 풍상을 이겨내고
태평양과 맞닿은 기암절벽 위에
홀로 외로이 뿌리를 내리고 서 있는 너

바닷바람과 안개를 벗으로 삼아
소나타를 뿜어내고
거친 파도 소리에 선잠을 깨며
가는 시간에 못다 푼 꿈일랑 맡겨버리고
찾아오는 손님들을 상냥한 미소로 반기는 너

한 폭의 현실 속에서
나는 이렇게 사노라고
무언의 독백을 쏟아내면
행복은 거기 가까이 있는 거라고 화답을 하면서
오늘도 후회 없는 하루를 보내려는 너

바다에 잠긴 별

겨레돌 이상현

2007년 《문학바탕》 등단.

시집 『미소 짓는 씨알』.

서울 목동 야학 설립 및 지도활동, 한국문인협회 서대문지부 부회장.

내 벗이 몇인가 싶어 헤아리다
갑자기 잠적한 순박하고 소탈한 벗 생각에

무시로 사무실에 들러서는
퇴근시간까지 기다릴 수 없을 정도로
날 보고 싶어 왔노라고 너스레를 떨던 맑은 혼의 벗

텔레파시가 통했나 두어 달 만에 걸려온 전화
고향 영덕에서 좀 떨어진 어촌
낮에 배 타고 나가 고기 잡고 밤엔 함바집에서 시간 죽이고
있다고
담담한 만큼의 절절한 목소리

어설픈 핑계 몇 마디 아내에게 남기고
배낭 메고 책 한 권 달랑 넣고 친구의 바다 동해로 갔건만

바다가 허허로워 육지로 갔나 벗님은
언제 들어도 가슴 설레는 외박
원고지뭉치 빈 소주병 나뒹구는 벗의 체취를 뒤로하고
나 홀로 바닷가에

기십 명의 정리해고를 도맡아 처리하곤
양심상 도저히 자리 지키고 있을 수 없다며
실직을 자처한 지 일 년째
흐르는 세월을 무심하게 흘려보내는 눈빛

서울행 새벽열차 차창으로 어른거리는 벗과 그의 아내

벗 없는 서울 하늘 아래
소주 들이킨 기차는 목청도

서대문 101번지

피를 토하던 사형수
빨간 담장이 순이 되어
구치소 담벼락에 즈들려
오월의 하늘을 부르는구나

부서진 돌무더기 속
허리 구부러진 못
피멍울 터트리며
고문에 도전하던 혼(魂)들
사위어가는 눈길로 보고 섰구나

허공을 가르며 장렬하게 죽어간 넋이여
쇠사슬로 얽어매인 한(恨)들이여
벗어나거라 서대문 101번지
발 구르며 하늘로 오르거라

이성남

1990년 《시대문학》 등단.

시집 『새벽 창가에 서다』 『길을 열어라 바람아』 『비몽』 『사는 까닭』 등.

시대시인 회장 역임. 한국문인협회 문인저작권옹호위원, 국제펜클럽 한국본부, 한국현대시인협회 회원, 농민문학 이사, 서대문문인협회 부회장.

어떤 사랑에 대해

이성이

2008년 《영주일보》 신춘문예 등단.

시집 『갈비뼈가 부러진 포옹』 『자반고등어를 생각하며』 『혀에 대한 그리움』 등.

한국문인협회 평생교육원설립위원, 강남문인협회 이사. 양재고등학교 명상지도 교사.

설거지를 하다 그릇끼리 끼었다
하나가 등 뒤에서 껴안은 상태인데
흔들어도 보고 세제를 발라 살살 달래봐도
도대체 떨어지지 않는다
오롯한 집중, 자세히 보니
신기할 정도로 꽉 붙어버렸다
서로 다른 그릇이 이렇게 부둥켜안으려면
그럴 수밖에 없는 어떤 이유가
서로의 몸에 음각(陰刻)으로 새겨져 있었을 게다
오랫동안 서로를 찾았을 것이다
싱크대 모서리에 깨지지 않을 만큼 탁탁 쳐도
떨어지는 것이 아니라 더 깊게 포개지는
불안조차 더 큰 결합으로 만들어버리는
숨찬 저들의 포옹
더 이상 그릇 구실을 못하게 된
결사적인 포옹이 눈부시다
꼭 낀 유리그릇 한참 만지작거리다가
옆에 그대로 놔둔다
때로는 사랑만이 필요할 때가 있다
(다음 날인가, 둘은 저절로 떨어졌다)

저무는 산문(山門)에서

– 먼저 가신 그이에게

미랑 이수정

2003년 《서울문학》 등단.

한국문인협회, 국제펜클럽 한국본부, 한국현대시인협회 회원, 한국문인협회 회관건립추진위원·시낭송회 이사.

기울어진 햇살 아래
상처 같은 한 줄기 오솔길 숨겨 앉고
한 필 명주 빛으로 눈부신 가을 산을
길 잃은 갈색 갈바람처럼 서성이다

하늘의 마른 핏줄인가
헛헛한 나뭇가지 사이 눈길 주면
아픈 추억 하나쯤 뉘 없으련만
누구나 그중 제가 제일 아프다지만

부챗살 펼쳐든 수풀 서걱이며
그대 이리 오시는 듯
자꾸만 내게로
얼비쳐 오는 그림자 하나……

해는 이내 산 넘어가고
땅거미 내리는 가을 산문(山門)에 서서
혼자서 되뇌는 마음의 말

그대 지금 어디쯤 가 계실까
잠 편히 잘 계시는지
정녕 언제쯤 다시 올 수 있으실 런지

올 가을도 저 혼자 저리 깊어만가고
가슴속 깊이 새겨지는 아린 길 하나

그때 그 시절의 기억

이수찬

2007년 《시와 수필》 등단.

고희기념 시집 외 7권.

한국문인협회 회원, 《시와 수필》 운영위원, 부산시인협회 이사 역임. 신서정문학회 회장, '시를 짓고 듣는 사람들' 이사.

모질게도 가난했던 어린 시절
희미한 호롱불 밑에서
몽당연필 붓대에 꽂아 글을 쓰고
겹겹이 베 조각 붙이어 수없이 꿰매 신던 양말
어찌 다, 명절이 되면
어머니께서 사다 주신 검정고무신
떨어질까 아까워 손에 들고 맨발로 걷던 통학길

어느 날
어머니가 길러 오신 시원한 옹달샘 찬물에
꽁보리밥 말아 텃밭 풋고추 따다 고추장에 찍어
허기진 배를 채웠던 유월의 보릿고개
모두 어려웠던 내 어린 시절 삶의 기억들……
지금도
그때, 그 시절이
정감이 느껴지고 그립다

비록, 오늘의 삶이
풍요하고 편리하고 쾌락적이라면
그때의 삶은 가난하고 불편했더라도
순수하고 인정이 넘치고 사랑이 짙게 깔려 있었느니
나는, 긴 세월이 지난 지금
진정한 삶의 의미, 사랑과 정이 무엇인가를
그때, 그 시절의 기억 속으로……
깊은 사념에 잠긴다

배꽃 아파트

이승남

2010년 《시산맥》 등단.

한국문인협회, 한국경기시인협회 회원.

수도원 가는 길, 배밭 옆에 들어선 아파트단지마다
창문을 다는 공사가 한창이다
문 하나가 생긴다는 것
드나드는 것을 허용한다는 것만으로도 따뜻한 봄날은
제 할 일을 묵묵히 하고 있다
불빛 하나 없던 곳,
배꽃이 피던 때처럼 환하다

문득, 주름진 이불처럼 덮여 있던 슬레이트지붕들은
다 누가 개어놓았을까
밤이 되어 저 꽃밭 언제나 낮게 깜빡거리며 피더니
바람이 불어도 꽃샘추위에도 떨어지지 않는
붉은 꽃송이들이 높게, 높게만 핀다

덜고 있던 추위들을 벗어 버리고 문들이 톡톡 열리고 있다
따스한 빛 뭉치들이 도글도글 20°프라이팬에 구른다
굽지 않아도 알아서 익어갈 빛의 무게들

몇 개의 불빛이 떨어진 아파트 중간층의 봄밤
아직 귀가하지 않은 늦은 시간들
배꽃들이 거름의 말에 귀를 여는 철
저 밤의 꽃밭은 왁자한 열매를 만들고 있겠다

창문 하나를 열고 닫는 소리들로 왁자한 봄날, 온갖 문들이
달리는 공
사로 바쁜 외각
수도원 주기도문이 적요를 조용히 열고 있겠다

책갈피 속 단풍잎 하나

이옥천

2007년 《한울문학》 등단.

시집 『별을 찾아서』 『석주(石柱)』 『산길 따라 오르면』 『오리배 물살 가르고』 등.

시인시대 회장, 한국문인협회, 국제펜클럽 한국본부, 한국현대시인협회, 동대문문인협회 회원.

삼십 년 세월 지켜주었네

그대 없는 지금 보니
추억 속 잊힌 그리움
사랑 잎 숨 쉬고 있네

손 잡아주고 웃옷 씌워주던
단풍보다 더 짙은 사랑
기다리고 있었네

살살이 언덕 뭉게구름
어디로 흘러갔는지
빨간 단풍잎 하나 두고

고향의 봄

그리움이 보석되어 반짝반짝
피어오르네
먼 남쪽
사면이 바다인 섬*마을
멀리 수평선이 보이고
은빛 파도 가르는 뱃고동 악기와
노 젓는 뱃사공의 노랫소리
청허(淸虛)하게 들리고
바닷바람의 진한 갯벌 냄새
논밭의 두엄 냄새
산골짜기 물 좔 좔 좔
돌 틈 사이 가재며 송사리 떼
유영(游泳)하지요
논두렁 밭가에서 쑥 냉이 캐며
산에선 산나물 캐어
바구니에 가득 담고
바다에선 조개 캐며 굴 따느라
해 저무는 줄 몰라
어둠이 바다에 찾아오면 무서운 생각에
동무들과 함께 집으로 향하여
달음박질쳤던 추억들이……
이제는 생활 박물관이 되어
나를 고향으로 부르네

海琴 이옥희

2012년 《한국문인》 등단.

한국문인협회, 새한국문학회 회원.

KT 30년 근무 후 명예퇴직.

*
섬 : 경남 남해도

찻잔 속의 내 얼굴

이용호(진주)

2007년 《문학21》 등단.

시집 『흰구름 마저도 쉬어가는 지리산』 등.

한국문인협회 상벌제도위원. 국제펜클럽 한국본부, 경남시인협회, 산청문인협회, 늘푸른문학회 회원.

수줍은 청춘이 가득 고인 두 볼
시시각각 변신하는 초라한 모습
그 얼굴 때문에 거울이 싫어져
세월에 떠밀려 늘어난 인생 계급장
설레는 그리움이 숨어버리니
팥잎 같은 얼굴 기울인 찻잔 속
그 옛 멋 자국마다 초라한 얼굴
기울인 찻잔 속에 그려진 무늬
구릿빛 얼굴에는 옛 모습 남아
삭풍에 때 묻은 세월의 발자취
검더라. 붉은 볼 한쪽에 옛 모습
이름 불러온 위안의 대답마다
정화수 한 사발에 떠오른 임
끝없는 삶에 여울로 이어가리라

사별곡

순백의 구절초 흐느끼니
또다시 가슴이 저려온다
그렇게 가야만 했는지
혼자 외롭지는 않았는지
염려하며 돌아설 때
함께 다듬고 가꾼 세월이
발목 붙잡는다
나는 그냥 두고 간다한들
목숨보다 아까운
천금보다 귀한 자식
두고 갈 수 있었는지……
차곡차곡 쌓인 사랑
가슴 위로 쏟아져 무너진다
곱게 단장하고 꼭 다문 입술
눈꽃으로 날리는 아린 가슴
참았던 눈물로 혼미해지는데
늘 고생만 시켜 정말 미안하오
나는 당신이 있어서 행복했소
여기 내 마음 굽이굽이 깔았으니
다 잊고 편히 잘 가시오

이운선

2013년 《신문예》 등단.

시집 『먼산바라기』 등.

환경신문 전국 문학상 공모전 수상.

한국문인협회 회원, 환경신문 명예기자.

까치밥

이일현

2013년 《국보문학》 등단.

한국문학신문문학상, 시조문학작가상, 민들레문학상 등 수상.

한국문인협회 회원.

멀리 가지 말고
예 와서 먹고 가렴

남은 건 네 몫이니
잔눈치는 필요 없다

야틈한 담을 넘어와
끼니나 때우거라

까치가 먹어대도
참새가 먹어대도

그 이름은 까치밥
달리 하지 못할 명명(命名)

네댓 개 남아 있어야
잘 그려진 풍경화

정지된 시간

거실 앞 싱크대 서랍을 정리하다 보니
낡고 닳은 동전지갑이 나왔다
차곡차곡 쌓아놓은 서류더미에서
납작 엎드려 틈을 찾고 있었는지 몰라
어두컴컴한 곳에서 얼마나 빛을 찾아 헤매었는지
서랍을 그리고 닫을 때 왜 발견이 안 되었는지
지갑에서 동전이 수두룩 쏟아졌다
찌들대로 찌들어진 어두컴컴한 시간 속에
감추어 숨어버리고 싶어했는지
멈추어질 때로 멈춘
시간이 거꾸로 되돌아가기를 빌고도 빌었는지
아니면 묵은 먼지와 함께 허공으로 갔으면

이종숙

2007년 《문예비전》 등단.

한국문학신문 문학상 '동시 부문' 대상 수상.

한국문인협회, 한국아동문학연구회 회원, 《문학·선》 작가회 중앙위원, 계간 《문예》 작가회 이사.

추억의 꽃길

이종열

2009년 《아람문학》 등단.

시집 『내 마음담은 곳』 『시간이 남긴 그림』 『바다는 변하지 않는다』 등.

미당 서정주 시회문학상, 전국 빛고을 문학창작공모 '일반부 시부문' 대상 수상.

한국문인협회 회원.

코스모스 꽃길을 걸어본 기억이
아득한 먼 옛날 같습니다
샘물처럼 솟던 사랑도 말라서
가슴속에 달콤한 정도 없습니다
꽃길을 거닐던 행복했던 추억을
백지에 적어보지만 마음속의 잉크가
말라서 나오질 않습니다
가슴을 열어보니 안타까움만이
마음을 슬프게 했습니다

꽃길 거닐며 귓전에 맴돌았던 속삭임도
말라버린 사랑에 들리지 않아
가슴이 아픕니다
연인들이 출렁이던 사랑의 꽃길이
무슨 색깔로 변했을까 그립습니다
어디가면 그런 꽃길 다시 만날까
마음속에 남아있는 그 꽃길도
자꾸만 멀어지고 있네,

희망

달려오는 파도
가로막힌
바위산 언덕바지

솔향기에 취하여
울컥,
거품 물고 넘어진다

난산의 모래알,
난곡의 길 다듬으며
전진한다

쓰러지고 다시 일어서는
파도를 본다

희망이 보인다

이주랑

2011년 《포이에마창작문학》 등단.

대통령 포상.

한국문인협회 회원, 꽃술자원봉사단 단장, 송내 사랑의 교회 장로.

라면과 소면

이준희

2013년 《시문학》 등단.

한국문인협회, 한국현대시인협회, 시문학문인회 회원.
㈜지오환경 대표.

꼬불꼬불한 라면들이 한 뭉텅이로 뭉쳐져서 제 집 속에 접혀져 있다

통발 속에서 잠든 미꾸라지들 같다

꼿꼿한 소면은, 초년병 시절의 내 모습이다
누워서도 자세를 흩뜨리지 못한다

말라빠진 스프 한 봉지에도 간 맞출 줄 아는 라면은
대충 끓여도 목구멍으로 슬슬 잘 넘어간다

아버지는 추어탕을 좋아하셨다

뜨거운 물 속에서도 쉬 몸 풀지 못하는 소면, 까탈스런 시누이처럼 요구조건도 많다
멸치 우린 국물에 몇 가지 고명을 얹으라 한다

세상 그리 살지 말라고 아버지는 늘 말씀하셨다

늦은 밤 책상머리에서 나는, 라면과 소면 사이에서 갈등한다

사랑

봄철에 비바람 몰아쳐
봄이 반쯤 무지러져
피다 지는 꽃들
피다 꺾이는 꽃들

그럼에도 불구하고
그 꽃을 피우시려
겨우내
물을 주시던 손길

언제 왔다 가시는지
맨발의 흔적만 남긴
사랑 하나

아직 깨어나지 못한
누런 잔디를 비집고 나오는 연푸른
소망 하나

비바람은
잠 없이 꾸는 꿈

무지러진 자리에 피는 봄
당신 사랑

이춘재

1999년 《예술세계》 등단.
시집 『쪽지에 걸린 무지개』 『허수아비 표정 바꾸기』 등.
순수문학상, 영랑문학상 수상.
한국문인협회 회원.

고향의 추억

이춘혜

2001년 《한맥문학》 등단.

시집 『시애틀의 단풍』 등.

한맥문학상, 해외문학작품상 등 수상.

한국문인협회 워싱턴지부 시분과 회장 역임. 한국문인협회 정책개발위원, 해외문인협회 워싱턴주 편집위원, 한맥문학 이사, 미주 재림문학인협회 회원.

청자빛 하늘
솔향기 향긋한 솔밭 사이로
깎아지른 듯 높은 벼랑 끝 바위틈에
농염한 여인의 젖무덤인 양
붉은 철쭉이 가슴을 열었다
진달래가 꽃잎을 다 떨군 후
요염한 자태를 드러낸 철쭉
붉게 타오르는 듯한 산
녹색 바다
떠오르는 오월의 추억
어느새 부칠 곳 없는 내 마음은
고향 언덕을 달린다
소슬바람 보리밭 이랑 사이로
오월을 노래하며 새들은 날고
추억을 오고 가는 메아리는 홀로 산을 넘어
푸른 꿈이 아롱지던 그 옛날
오월을 노래한다

삶이란

살아야 하는데 이유가 없는 거지
이유가 없으므로
살아있는 이유가 없는 거지
살아있다 해서
죽을 수 있으니까

이때까지 살아왔으므로
살아가는 것은 아닐까
넝마 같은 혓바닥으로
말해왔지만 난 살아있다

무언가를 해야 되지 않을까
살아있다면
악몽이라도 꾼다면
자리에서 일어나 벽을 넘어야 한다

먼지가 쌓인 데도
잠이나 자고 있을 것인가
눈물이 달콤해도
어둠이 평화스러워도
내 온몸을 휘감은 족쇄는 작아지기를
두려워하면서도
떨쳐버리지 못하는
폭포 아래의 무거운 돌덩이마냥

이태진

2007년 《문학사랑》 등단.

시집 『여기 내가 있는 곳에서』 『슈즈를 타고』.

대전예술 신인상 수상.

한국문인협회 회원, 공연공간 전문가, 무대조명 디자이너로 활동.

부채춤 얼쑤

이학덕

2014년 《옥로문학》 등단.

시집 『상사화』 『메아리』 등.

한국문인협회, 대구문인협회 회원, 중등학교 교사로 정년퇴직.

홍겨운 노랫가락에
부채가 춤을 춘다
빙글빙글 돌며 춤을 춘다

홀이 모이니 나비가 되고
짝이 모이니 꽃이 되고
홀짝 다 모이니
산이 되고
움직이니 물결이 된다

여흥을 돋우는
홍겨운 노랫가락에
어깨춤이 절로 난다
얼쑤 좋다
부채가 춤을 춘다
여흥을 돋우며 춤을 춘다

약국을 지나며

슬픔치료제 있나요

아파 누워 있는 슬픔에게 발라주면
눈물 철철 흘리면서
딱지 떨어져 새살 돋는
그런 약

길가에 아무렇게나 핀
이름만 들어도 목이 메는
망초꽃
가느다란 대궁에 핀
보잘것없는 흰 꽃만 보아도
꽃상여 깊은 상처 아려오는데
슬픔에게 발라주면
다시는 도지지 않을

그런 슬픔치료제 혹시 있나요

자운 이한영

2006년 《월간문학》 등단.

가곡 「잠자리 영가」 「그리움」 「기찻길」 등 작시.

한국문인협회 회원, 미래시 회원.

찻잔

이향아

1966년 《현대문학》 등단.

시집 「어머니 큰산」 등 20권, 산문집 「종이배」 등 15권, 시선집 「아지랑이가 있는 집」 「안부만 묻습니다」 등.

한국문학상, 윤동주문학상, 경희문학상, 시문학상, 미당시맥상, 창조문예상 등 수상.

호남대 교수로 정년퇴임.

기다리네, 지금
고향집 토담에 기대던 햇살
반짝이는 머릿단 너머 그 고요를

아, 능금꽃물 오르는 우리네
손가락 끄트머리
안쓰러운 기다림의
들녘 복판에,
전류처럼 누가
찻잔을 두고 갔네

암사슴의 눈빛이 괴인
아주 죄고만 휴식의 하늘을
그리운 토담 따갑던 햇살을

능금꽃 피는 우리 사이에

사막

회오리바람 몰아쳐도
목이 말라도
억만 년 침묵으로 슬은 모래알
마지막 한 알까지 흘린 게 없다

깨끗한 천수(天水) 받아온다 했다던
서방님 얘기로 지루함을 달랜다
기다리는 사막
반짝이는 눈동자

이현자

2009년 《문학세계》 《예술세계》 등단.

한국문인협회 회원.

돌문

이혜선

1981년 《시문학》 등단.

시집 『神 한 마리』 『바람 한 분 만나시거든』 『새소리 택배』 등, 〈세계일보〉에 '이혜선의 한 주의 시' 연재.

한국현대시인상, 한국자유문학상, 동국문학상, 문학비평가협회상 등 수상.

동국문학인회 회장, 한국문인협회 이사, 국제펜클럽 한국본부 여성분과위원장, 동국대, 세종대 외래 교수.

산등성이로 언뜻언뜻
아이들 옷자락이 보인다
신(神) 한 마리가 눈을 뜬다
새는 밤꽃으로 피어 있다
밤숲에선 늘 한두 잎씩
노래의 잎이 지고, 꽃잎이 지고

내일은 장승 한 마리가
돌문을 열것다

하늘을 보며

하늘 높이
퍼지는 햇살 비집고
떠오르는 하루를 보자

후미진 골방
서러운 셋방살이,
땅덩어리 금덩인 양 요술 부려도
하늘은
숨 쉴 공간이잖은가?

얄미운 돈 무더기에
시계(視界)는 막혀도
넉넉한 하늘
위안이 되지 않는가?

그래, 차이고 밟혀도
무너지지 말고
길가에 꽃을 피우는
질경이의 영혼같이
하늘을 떠이자

이호연

1993년 《문예사조》 등단.

시집 『산호빛 대화』 『그리움은 물안개로 피어오르고』 등.

모범공무원상, 공무원문학상 등 수상.

한국문인협회 회원, 서울 세현고등학교 교사.

코닝 접시

임덕기

2014년 《애지》 등단.

시집 「꼰드랍다」, 산문집 「조각보를 꿈꾸다」 「기우뚱한 나무」.

한국문인협회, 한국여성문인회, 에세이작가회, 송현수필문학회 회원, 한국수필문학진흥회, 이화여대 동창문인회 이사.

자잘한 꽃무늬 접시들
찬장 안에서
몸을 포개고 누워 있다

이십여 년 질긴 인연으로
한집에 살며
바닥에 떨어져도
멀리 내던져도
좀처럼 깨지지 않는다

아무리 내쫓아도 나갈 줄 모르는
미련한 조강지처를 닮았다

나도 한때 깨지기 쉬운 접시였다
상처받기 쉽고 여리던 그 마음
언젠가부터 웬만해서는 깨지지 않는
코닝 접시가 되었다
떨어져도 깨지지 않는 접시

이제 내 상처도 단단해졌다

고향집

임민성

2009년 《문예사조》 등단.
한국문인협회 회원, 사진작가.

등이 굽은 철길을 밤새 달려
힘없이 헛기침 경적을 울리며
쓰러지듯 정차한 외딴곳

기차 스치는 외로운 밤 그림자에
홀로 슬픈 영화 감상에 젖어
한밤 흐느껴 눈이 붓도록 울었다

대청마루 등잔불이 솟아오르고
개울가 땅거미가 지고 있을 때
참게는 태어난 세상에서
엄마 품에 안겨 꿈을 꾸었다

빤히 보이는 넓은 바다엔
성난 파도에 밀려온
고기들의 속삭임이
소라껍질 속에 토해놓은
추억의 옛이야기들……

창고 그득히
새록새록 새우젓 익어가는
그 곰삭는 냄새에 취해
담쟁이 능소화나무는
몸을 뒤틀며 하늘로
푸른 하늘로 달음질쳤다

사모곡(思母曲)

임병호

1965년 '화홍시단' 동인으로 작품활동 시작.

시집 『환생』 『금당리』 『겨울 환상곡』 『자화상』 『세한도 밖에서』 등.

수원시문화상, 경기도문화상, 한국예술문화상 등 수상.

중대문인회 회원, 기전문화연구회 연구위원, 경기일보 논설위원 · 사사편찬실장 등 역임. 《한국시학》 발행인, 한국경기시인협회 이사장, 국제펜클럽 한국본부 부이사장.

1. 파리채

이승의 변두리에 병들어 누워 있는 어미

쫓아도, 쫓아버려도 죽음의 그림자를 앞세우고
어미의 얼굴에 달라붙는 파리들

어저께 쇠푼 없다고
병원의 응급실에서 어미 업고 쫓겨나온 자식놈,
천치 새끼처럼 파리만 온종일 잡았다

2. 바람

그해 여름, 바람은, 공동묘지 쪽에서만 불어왔다

아, 바람 속에 섞여 있는 어미의 살 썩는 냄새

자식 놈은 숨 쉬는 의식이 두려워
속죄의 그늘 없는 폭염 아래서
강소주를 나발 불고 컹컹 울다 지쳐서 쓰러지곤 했다

3. 환생(幻生)

한 생 전 설한(雪寒) 속의 나목이었던 어미

죽어서는 복사꽃 지천으로 피는 마을
청보리 머릿결을 쓰다듬는 금빛 바람이 되었다

피안을 왕래하는 자식놈의 가장 빛나는 영감(靈感)이 되었다

새벽 강을 보며

임보선

1991년 《월간문학》 등단.

시집 『내 사랑은 350℃』 『솔개여, 나의 솔개여』 등.

한국문인협회 60년사 편찬 위원.

뼛속 깊이까지 물기는 스며들어
감출 도리 없는 몸살이 되고
온 밤 잠 못 이뤄 열어놓은 가슴에
신새벽의 찬바람도 땀으로 배어
온몸 여름날보다 뜨겁다

먹물 같은 어둠 속에
새벽 강은 더 굵게 그어지고
내 발길 따라 강은 쫓아와
더 깊어지라 마구 소리쳐 댄다
그런 날은
턱까지 차오르는 지난 설움
몸 밖으로 쏟아질 것 같아
강물처럼 나도 푸르고만 싶다

어디쯤일까
내 꿈의 넉넉한 물줄기가 흘러가는 곳은,
물속 깊이 가라앉아
가슴 움켜잡고 따라갈 세상은

물비늘 뒤로 쌓이는 물살에
나를 건져올리면
얼마간 나를 또 빠지게 하는 이 강
붉은 해가 막 떠받치고 섰다

변산반도

임애월

1998년 《한국시학》에 작품 발표하며 활동 시작.

시집 「정박 혹은 출항」 「어떤 혹성을 위하여」 「사막의 달」 등.

경기문학인 대상, 수원시인상, 수원문학작품상 등 수상.

국제펜클럽 한국본부, 한국현대시인협회, 한국경기시인협회 이사, 한국문인협회 남북교류위원, 경기문학인협회 부회장, 계간 《한국시학》 편집주간.

길이 보이지 않을 때
변산의 저녁바다로 간다
대지도 가끔씩은
골 깊은 제 속을 보여주고 싶은가
주상절리(柱狀節理)
미완의 나이테를 두르고
저무는 변산의 바닷길에서는
문득 손을 놓쳐버린
시간의 그림자가 보인다

흐린 저녁바다에서
제 영혼을 자맥질하는
눈먼 바다새
보리밭 바람은 아직 풀빛인데
내소사 종소리는 이미
무심(無心)의 길을 건너고 있다
잃어버린 길들이 모여들어
물이랑으로 흐르는 변산반도
육지는 사월에
더욱 발이 시리다

꽃과 바람

꽃과 바람은 저들끼리
입 맞추지 않더라

한 줌의 바람이 스친 자리
살짝 이는 향기
꽃밭을 맴돌며
느슨해진 바람

기쁨은 소중한
기다림으로 돋아나고
늘 가까이서
서성이는 바람으로
눈앞에 스러지는
피고 지는 꽃으로

움켜쥐고 있는 것은 씨앗이고
나누는 것은
향기로운 꽃바람이더라

저 산 너머로
날 짊어지고 가는 꽃바람이여
꽃도 지고
바람도 가면
삶이란 눈물의
깊이만큼만 보이더라

임춘식

2005년 《지구문학》 등단.

한국문인협회 회원, 〈시정신문〉 논설위원, 한남대 사회복지학과 명예교수, 한국노인복지학회 명예회장, '노인의 전화' 대표이사, '평화의 집' 원장.

장독(醬甕)

임충빈

2005년 《한국작가》 등단.

시집 『장맛처럼』, 산문집 『소나무처럼』.

안성시문화상, 서울시우문학상, 불교문학상, 연암박지원문학상 수상.

한국문인협회 제26대인성교육개발위원 및 안성지부 고문. 한국수필학회, 영덕문인협회, 한국작가, 토벽, 상록수문학, 불교문학회 회원.

불로써 태어나
양지바른 담장
한곳에 앉아 꾸려가는 세월

햇빛
별빛
달빛 다문다문 가슴에 담아

생명 나누어 키우면서
곰 삭혀 익히면서

갈증은 구수해지는 품으로
삭혀 우러난 맛
온몸으로 지키는 온전함

오월 어느 날

오월 끝에 뻐꾸기 울고
붉게 생리하는 연산홍 꽃잎을
바람이 훔치고 있다

초록잎 사이에서
햇살이 염탐하며
여인의 배란일이 언제인지도 모르고
속살 깊숙이
벌건 대낮에도 엉겨붙어 벌이는
뜨거운 정사

붉은 황사바람과 함께
또 그렇게 와서
진한 수액을 자궁에 다 쏟아놓을 때
만삭의 여인이 웃으며
속내 다 털어 넌지시 가까이 오면서
달콤한 향기를 건네주고

어느새 붉은 꽃잎이 만개하여
흐느적거리고
뻐꾸기 소리에 잠겨 촉촉이 젖어드는
속살 풍만한 오후
먼 강물만 출렁이고 있다

장동석

2003년 《한국시》 등단.

시집 『그대영상이 보이는 창에』 『구로동 수채화』 『가장 아름다운 퇴장』 등.

올해의좋은문학작가상 수상, 모범공무원 국무총리 표상, 서울시장 표창 등 수상.

한국문인협회, 한국시인협회, 한국수필가협회, 한국공간시인협회, 좋은문학작가회 회원, 한국문인협회 구로지부 수석부회장, 한국문인협회 문학관건립추진위원.

아내의 입원

장병천

1991년 《창조문학》 등단.

시집 「한번은 나부끼는 바람이고 싶다」 「흔들리는 것이 어찌 물결뿐이랴」 「추억의 푸른 이끼」 「연둣빛에 머물다」.

충남문학 동인지문학상, 창조문학 대상 등 수상.

한국문인협회 회원.

아내는 이 며칠
독한 회의를 품었나 보다

눅눅한
위쪽 벽에서부터 누수는 시작되어
오 단짜리 서랍장을 더듬어 내려
아랫목 딸 아이 두 발목 끝을 적시더니
아내에게로 떨어진 것이다
그늘진 자리에 버짐이 핀다

구석마다 남루를 쌓아놓고
여지껏 변신만 꿈꾸었다

부서지고 있었다
아내는
이 며칠
굽질린 채
홀로 내려앉고 있었다

단단했던 시(詩)가
무너지고 있다

그대는 먼 산이어라

그림자도 그리운, 그대는
먼 산이어라

내 영혼에
뿌리 깊이 고인 인연
산정에서면
더욱 아득하여
손을 뻗을수록 그리워
말없이 바라볼 뿐

바람에 둥실둥실
그대 모습 파도처럼 밀려와도
알 수 없는 그 마음
가슴만 태우고
돌아서면 더욱 그리워
핏빛 서린 두 눈으로 바라볼 뿐

아득하여라
바라볼수록 멀어지는 그대는
실핏줄처럼 뿌리를 내리고
안개처럼 겹겹이
온 산을 흐르는 그대 체온 그리워
몸부림치듯 두 팔을 벌려 볼 뿐

장태현

2001년 《문예비전》 등단.

한국문인협회 회원, 시산문학작가회 동인.

내 마음의 부싯돌

전석홍

2006년 《시와시학》 등단.

시집 『담쟁이 넝쿨의 노래』 『자운영 논둑길을 걸으며』 『내 이름과 수작을 걸다』 『시간 고속열차를 타고』 등.

영랑시문학상 특별상 수상.

전라남도 도지사 역임. 한국문인협회 회원.

굵고 까칠한 왼손
엄지와 검지 손끝 사이
작은 부싯돌 퉁겨내서
아버지 온 집안에 집불 지폈었네

그 불씨 한 톨
내 가슴속 불못으로 꽝꽝 박혀
삶의 계곡 굽이굽이
비바람 호되게 몰아칠 때
젖은 내 마음의 심지에
몇 번이고
불꽃을 당겨주었네

홀로 가야만 하는 외진 길목
어둠의 깊은 늪에 실족해
수십 길 바닥 밑으로 미끄러져 내릴 때도
내 눈에
불노을 일으켜주었네

시간에 타버린 재가 쌓여가도
영혼에 불붙이는 꽃불 씨톨로
숨 쉬고 있네

어떤 하루

정경해

1995년 《인천문단》, 2005년 《문학나무》 등단.

시집 『선로 위 라이브 가수』 『미추홀 연가』, 산문집 『하고 싶은 그 말』 등.

한국문인협회 회원, 인천지역 도서관 등에서 문예창작 강사로 활동 중.

전쟁을 하러 집을 나선다. 식구들의 눈망울을 방패에 달고. 낮게 내려앉은 하늘은 금방이라도 검은 울음을 토할 듯 그렁거린다. 전쟁터에 물어다 줄 버스가 오기도 전에 투둑 툭, 눈물방울을 떨어뜨리는 하늘. 용사의 표정으로 덤프트럭 한 대 핏줄을 울컥대며 귀찮은 듯 나뭇가지 손목을 댕강댕강 자르며 지나고, 집 잃은 잎새들 쉰 목소리 지르며 몸을 누인다. 식어가는 거리 위에서 투구가 없음을 걱정한다. 달리는 버스 안, 코미디 황제 이주일의 죽음을 아나운서 삼투압 정수기 목소리로 낭송한다. 한 세상을 웃음 속에서 유영했으니 행복한 삶이었다. 잘 가라. 반지하 막사 전세금을 올려달라던 주인의 붉은 웃음이 유리창에 고지서로 매달린다. 가판대 위 기부 270억이라는 고딕 글자체 밑 당당한 모습의 노인 하나 앉아 있다. 빈손으로 떠난 위대함보다 끝자리 두어 개면 몇몇에게 주먹웃음을 줄 수 있음에 아쉽다

어깨가 부러지고 팔이 잘린 시곗바늘들 고지에 누워 뒹굴던 어떤 하루

바람 부는 날

정명숙

2009년 《믿음의 문학》 등단.

시집 『 바람의 말씨』, 4인 시전집 『별과 꽃과 그리움』.

국제펜클럽 한국본부, 한국문인협회, 한국현대시인협회, 경주문인협회, 보리수시문학회 회원.

바람을 앞선 한 줄기 파장은
수백 킬로미터를 내달려와
기상레이더에 전파의 선을 긋고

흔들리고 뒤엉켜 떠밀려오며
무엇 제대로 하나 풀지 못하는 손
파란 핏줄기 돋아 휘젓고 있다

구름은 하얀 달빛을 가르다가
바다의 풍랑으로 휘돌다가
사막 가운데 선인장 꽃으로 피어나다가
푸른 하늘 치달아 오르다가
한 줄기 바람으로 울부짖는다

바람은 빛으로 다가와
쓰러지고 되짚어 일어나는 일상으로
소리 내어 흩날리다
밤하늘 별이 되어 깜빡인다

바람은 바람 따라
너울너울 허공을 휩쓸어간다

이 푸른 강변의 연가

(1)

이것이 하나의 과정일까 형산강(兄山江) 물
언덕 위엔 몇 그루 능금(苹果)나무 숲들,
시나브로 지고 있는 잎들의 내부로
10월의 바람은 허리에 둘려 화사스런 말씀을 낳고,
돌아가는 길목에 빗물이 내릴 때
저기 비에 깔린 선로를 밟고 어디로 갈거나
가서 맞닿는 산과 들,
전쟁이 오가던 수수밭을 지나서
연이어 간지럼 필 수 없는 신기루 위에
저물어가듯 지평선은 또 하루를 덮는다.

무더기로 날라난 무고(無辜)했던
너무나 싱싱했던 예쁘고 아리따운 이름,
무더기로 날아가 걸렸던
반짝이는 금빛 쇠가시 아래
지쳐 누운 얼굴들이 저렇게 걸려서 잠을 익히는
침입할 수 없는 가을의 과수원 안에서
햇볕에 익어가는 과일은 확실히 우리들의 손실이다

(2)

어제 밤이 내린 해변에서
밝음을 모르는 해바라기가
스스로의 풍토에 피로 삭였을 때
열매가 지는 보람찬 의미를 몰랐던 것같이
너무나 안으로 충만해버린 잘못 맺힌 낱알일까
진실로 너만큼의 창업을 이야기 못한다

정민호

1966년 《사상계》 등단.

시집 『꿈의 경작』 외 15권.

경북문화상, 한국문학상, 펜문학상, 한국예총예술대상 등 수상.

경북문협회장, 경주예총지부장 역임.

봄이면 못물 가득 하늘 일렁여 넘치고
할아버지 적 옷 적삼에 햇덩이처럼 사랑하고 아끼던 것을
마음 주어 손받침했던 알뜰한 사연 같아서랴!

항아리 철철 넘치고
너와 나의 노래에 섞어 부르는 흙 위에
피와 살이 영글어진 잣나무,
반도의 남쪽 하늘 끝 출렁이는 파도에 덮여
오일. 스토브가 타는 창밖 귤이 열리던
나 막내의 발밑
아, 꺼져버린 석등(石燈)이여

망부석

홀로 제멋 겨워
문형 그려놓고

곳곳에 난 상처에
원망도 없이

산천을 지키는 돌이 되어
무상을 깨닫고 있는가

비바람 작렬한 별
밤을 지새우며

먼~ 먼 하늘만 바라보다
돌기둥이 되었느뇨

정선 정선수

2008년 《자유문예》 등단.

한국문인협회, 광주문인협회, 시향작가회, 문학의뜰작가회, 문학춘추작가회 회원. 고등학교 교감 퇴임, 마송산업개발 전무이사, 문화재해설사, 금속공예사.

하늘이 걸어내려와

정성수

1979년 《월간문학》 등단.

시집 「개척자」 「사람의 향내」 「세상에서 가장 짧은 시」 「기호 여러분」 등.

한국문학백년상, 앨트웰 PEN문학상, 한국시학상 등 수상.

한국문인협회 시분과 회장, 국제펜클럽 한국본부 이사 겸 경기지역위원회 회장.

여보게
오늘 나는 서른다섯 해의 눈을 열고 처음 보았네

창밖으로 쏟아져내리는 어둠의
소나기 속
온 하늘이 걸어내려와
땅의 가랑이 사이로 숨어드는 것을

달아오른 알몸들이 퉁겨내는 음악
한 치씩 푸른 숨소리들 떠올라
빈 나뭇가지마다 싱싱한 잎사귀
깃발처럼 흔들리는 걸 보았네

숨소리는 다시 벌판 위를 기어가다가
한 떨기씩 꽃으로 벙글고
바닷속으로 뛰어내려
칼날처럼 번득이는 은빛 지느러미 떼

아침에 일어나 창문을 여니
해가 두드리는 원시의 북소리 울리고
숲속을 행군하는 녹색의 군대

벌판에 자욱한 꽃향기
잠든 바람을 흔들어 깨우고
수평선 끝에서 하늘 속으로 뛰어오르는
흰 말들의 말발굽 소리

내 가슴속 한 무더기씩 내려서서
황홀한 속살로 번득이는 걸
보았네

아낙네의 죽음

정순영

1974년 《풀과 별》 등단.

시집 『시는 꽃인가』 『꽃이고 싶은 단장』 『조선 징소리』 『사랑』 등.

봉생문화상, 부산문학상, 세계금관왕관상, 부산시인협회상, 여산문학상 등 수상.

부산과학기술대학교, 동명대학교 총장, 국제펜클럽 한국본부 부이사장, 부산시인협회 회장, 한국현대시인협회 중앙위원회 의장 역임, 세종대학교 석좌교수.

바람이 어둠을
설렁설렁 몰고 다니며
울음소리를 낸다

빛의 덩어리가 재가 되어
수평선에서 낙하하고
어둠의 머리칼이 한 움큼씩 흩날리어
가슴이 찢기운다

아낙의 빈 손바닥에
죽음의 강이 흐르고
아이들이 그림자를 따라
술래잡기를 한다

바람이 나릿나릿 펄럭이는데
눈 나리듯 뼛가루가 쏟아진다

바람의 골짜기마다
눈물의 홍수에 꽃이 침수한다

입술 시퍼런 지아비가
눈을 지그시 감는 곳에
바다가 철렁인다

파도 부딪히는 언덕 위
아낙네의 마알간 얼굴 달이 둥실인다

어머니

밭두렁 산허리에
연보라빛 꽃처럼 고우시었던 어머니
맏며느리로 시부모님 공양하시랴 칠 남매 키우시랴
하루도 허리 펴실 날이 없으셨던 나날

제가 이제 어머니 되어
어머니의 힘들었던 삶을 깨닫게 됐을 땐
이미 어머니는 이 세상에 아니 계시어
그리워 슬피 웁니다

밤하늘에 유난히 반짝이는
어머니별과 이야기 나누고 싶어
오늘 밤도 뜰 앞에 나섰습니다

고된 삶을 숙명처럼 아시며
며느리 손에 밥 한 그릇
못 받으시고 고생만 하셨던 어머니

극락왕생하소서
고생만 하셨던 어머니
극락왕생하소서

素蓮 정순자

2008년 《문예춘추》 등단.

국제펜클럽 한국본부 이사, 한국문인협회 홍보위원, 한국문인협회 서울지회 이사, 마포문인협회 부회장, 한국문학가협회 이사, 청탑수필문학가협회 부회장, 한국신문사 문인회 부회장, 불교문학 고문, 청시시인회 이사, 덕성시원, 시인의 마을, 문학의집 서울 회원.

푸른 나뭇잎을 보고

정양숙

2000년 《문예사조》 등단.

시집 『그림자 된 그리움』 『단비를 기다리다』 『화단 주인의 취향』 『내 그림의 바탕색』 『두 번째 풍경』.

짚신문학상, 한국크리스천문학상 대상 등 수상.

눈부신 태양 아래 새하얀 길
진초록의 침엽수림이 병풍 같은 산속
이름 모를 새소리 정겹고

손에 잡힐 듯한
푸른 나뭇잎들이 차창을 두드린다
어느새 녹색으로 물들어가는 마음

떠도는 구름의 자유를 갈망하며
번거로운 일상을 잊는다
초록의 계절처럼 싱싱했으면……

흔들리고 싶지 않다

우넘기

세월을 가질 사람들
어려울 때 희망을 틀며
여유 있을 때 어려움을 생각하자
있는 이 없는 이
다행스럽게 모든 사람에게
수평같이 잔잔한 너울 시간 있어
꽃들 활짝 피어나 듯
덤으로
또한 피어나주리

세월을 가진 사람들이여
레몬 닮은 추억을 틀며
고독할 때 따뜻한 날 기억하자
나 아닌 너 안아
다행스럽게 모든 사람에게
목젖 보이는 행복한 웃음 있어
꽃들 열매 열릴 듯이
덤으로
또한 영글어주리

정영란

2008년 《한비문학》 등단.

한비문학 작가상, 《문예춘추》 한국현대문학 백 주년 기념 문학상 수상.

한국문인협회 회원.

맑은 하늘에 점 하나 찍었어

정정순

1998년 《문학공간》 등단.

시집 『맑은 하늘에 점하나 찍었어』 등 14권.

허난설헌문학상본상, 일붕문학대상, 한울문학상대상, 문학공간본상 등 수상.

한국문인협회 동인지문학연구위원장, 국제펜클럽 한국본부 이사, 불교문학 발행인, 중랑문인협회 명예회장, 예원예술종합대학원 지도교수.

누가 너를 부르더냐
무엇이 그리 급해 할 일도 많은데
너 먼저 떠났느냐

추운 겨울 따듯하게
옷 한 벌 해 입히지 못하고
언 땅에 너를 두고 오던 날

텅 빈 나의 가슴이
갈 까마귀 울음으로 따 버리고
생에 아픔 가운데
가장 큰 천륜의 인연을
별리의 아픔으로 이길 수 없기에

오늘도 우리를
갈라놓은 하늘이
너무 원망스럽구나

너에게 물어라

천 년을 산다면 좋아할까?
천 년을 살라면 좋아할까?

쉽게
행복해서 웃는지, 웃어서 행복한지?
슬퍼서 우는지, 울어서 슬픈지?

더 쉽게
백 년을 산다면 좋아할까?
백 년을 살라면 좋아할까?

이제 더 쉽게는 못한다
한평생 사는 게 행복한지?
한평생 사는 게 불행한지?

음. 마지막이다
아침밥은 제대로 먹었니?
아침에 화장실은 갔었니?

정지안

2005년 《문예사조》 등단.

시집 『내가 선 자리 또 하늘을 보니』 『무엇을 찾을지 모를 혼자만의 여행』 『어디를 봐도 별게 없네』 『어느 해, 그냥』 『새벽 다섯 시 반』 등.

한국문인협회, 국제펜클럽 한국본부 회원.

그리고 어느 날

정진덕

2001년 《한맥문학》 등단.

시집 「별을 캐다가」 「보랏빛 하늘」 「소파 들어온 날」.

노원문학상, 세종문학상, 한글문학상 등 수상.

〈문학신문〉 이사 역임, 한국문인협회, 한맥문학동인회, 한국시인연대 회원.

우린 가끔 전화로 통화를 한다
그리고 어느 날 서로 만나자는 약속을 했다
꽃이 지기 전 빨리 오라는 목소리
그녀의 독촉이 꽃처럼 예뻤지

가랑비가 내리는 초봄, 공원 입구엔 하얗게 하늘 수놓은
벚꽃이 만발하고 개나리가 흐드러지게 핀 노란 공원길을
우린 둘이서 우산을 받고 걸었지
산뜻한 실록이 눈부셔오는 연못가를 거닐다 매점에 들려
따끈한 커피를 마시며 은은한 향 속에 풀어놓은
이야기보따리, 토종 꽃밭에선 고개 떨군 보라색 제비꽃이
수줍은 미소 보내오고

날이 개인다는 오후, 기상청 예보가 빗나간 저녁나절
여전히 비가 내린다
가슴 활짝 열고 일상을 벗어나 자연에 묻힌 하루, 화사한
진분홍 진달래 꽃길 지나 헤어질 때 그녀는 나를 보고
'그리고 어느 날, 이라는 제목으로 시를 쓰세요' 라고 했지
나는 '그리고' 란 접속부사가 붙어 시가 길어지겠노라고

내심 좋은 일 바라는 의미가 함축된 '그리고 어느 날' 을
소리를 내어 되뇌며 우린 서로 마주 보고 웃었지

웃음

-서산 마애삼존불상을 보며

눈 크게 뜨고 멀리 바라보며 웃는
환한 소리 없는 웃음은
사람 사는 세상에서
우린 형상만 사람이더냐
가슴 터지는 민초들이 그린
산을 울리는 외침
보이는가 살찐 그대여
들리는가 무명(無明)에 빠진 그대여
질곡(桎梏)을 승화시킨 저 니르바나가
혹 눈물 흐르면 마음을 씻어내고
민초의 풀씨를 뿌려라 그대 기름진 가슴에
척박한 땅에서만 부대껴온 간절한 소원을
집착에서 벗어나면
너와 나 무엇으로 선을 긋겠느냐
우리 한데 어우러진다면
어우러져 가슴을 열어
아래는 내려다보지 않고 위는 쳐다보지 않게
쌓은 계단 허물어버려 멀리 바라볼 수만 있다면
서 있는 자리가 상하가 아닌
한 무리가 되어 웃음 속에 살리라

정형석

2007년 《문학세계》 등단.

시집 「바람이었으면 좋겠다」 등.

파블로네루다 기념문학상 수상(계간 《문예춘추》)

한국문인협회 회원.

가을에 부치는 편지

조경화

2009년 《문학저널》 등단.

시집 『시간 속 풍경을 그리다』 『탯줄 마르던 시간으로』 『외발뛰기』 등.

대한민국불후명작상, 한국불교문학작가상, 한국문학신문 대상 등 수상.

한국문인협회독서회 위원, 국제펜클럽 한국본부 회원, 한국불교문학 이사, 한국문학신문 사진국장.

햇살 머뭇거리는 계절 끝자락
포근히 누운 풀 자리
깍지손가락 바람길 사이로
한 결 꿈같던 널 보낸다

빨갛게 익은 산 그림자
돌아보다가 차마
바스락 갈잎 배웅 모른 척 지나가고
메아리치던 환호성
산등성 너머 어디쯤 숨기어
먼 날 이대로
반갑다는 약속일랑
늘 기억에 간직하면서
붉어가던 단풍보다 더
고운 웃음으로 함께였던 사랑아
행여 그리운 날에는 오늘처럼
깍짓손으로 만나자

사부곡(思父曲)

– 영원을 만지는 불덩어리

정월 맹추위 비명의 칼바람에 돌연 중풍 맞아 쓰러진 아버지, 절체절명의 절규에 땅거미가 옥죄니 움켜쥔 손 펴고 욕망의 도리질도 그만 닻을 내리나 등 팔 어깨 다리 발바닥 주물러도 눈만 멀끔멀끔 실어증에 숟가락 놓고 링거투혼에 의탁한 하늘 길…… 우묵배미 산너울 강너울 건너 하늘 뜰 유랑일까 달마대사 기품으로 뚫어져라 응시한 허공, 올무 씌운 매듭 풀까나 새순 팡팡 움트는 봄날에도 목젖 아릿한 침묵의 모호한 고요만 날렸네 움츠린 마음 한쪽 잔소리 파르르 떨림조차 소멸한 그림자 여윈 환영 별로 박히는데 말씀할 때는 정작 몰랐네 삶 자체가 행복인 것을 한여름 진종일 침상 지키던 어느 날 7시간 내내 눈 감겨도 필사코 눈뜨시기에 혹여 등 둔부에 욕창 생길까 26kg 깡마른 체중 왼팔에 실어 웅크린 자세로 사바의 멀미까지 품에 안았더니 그제야 안도한 듯 눈 붙이신 아버지, 영영 딸 못 볼까 그리 애써 부릅뜬 눈 사르르 내리고 시린 딸 가슴에서 아기처럼 쌔근쌔근 주무셨네 어찌 곤한지 초생달 입술에 코골이까지 하셨네 간당간당 꺼지는 마지막 숨결조차 복받치는 사랑의 이명 소리인 것을 온몸 서늘하였네 무량한 소 같은 아버지 눈망울 그 영원을 만지는 불덩어리 심장이라니!

조규화

2001년 《조선문학》, 2015년 《열린시학》 등단.

시집 『내 시린 샛강에 은하수 흐를까』 『사랑은 승리의 불별이라』.

조선문학작품상, 한국크리스천문학상, 하인리히 하이네문학상, 한국참여문학상 등 수상.

크리스천시인협회, 한국현대시인협회, 국제펜클럽, 농민문학 이사, 한국문인협회 회원, 조선문학, 과천문인협회 부회장.

구례 산수유

조종명

1992년 《농민문학》 등단.

시집 『소나무는 외롭지 않다』 『긴 길에서 만난다』.

산청문인협회, 경남문인협회, 국제펜클럽 한국본부, 한국문인협회 회원.

나이 많아
늙어서
처져 있구나
개천가 밭두렁
쉬어 굽어서 옹기종기
흩어졌다 모였다

죽사릿길이 바라보면
훤히 나서는데
늦어가는 봄 겨워하며
처져 있구나

여기가 어디던가
보지도 말아라 듣지도
말하지도 말아라
대발 짙은 정사(精舍) 뒤안 모락모락
장죽(長竹) 연기 오른다

아무 생각 말고
나이 많아 늙어서
처져 있구나

몸의 추억

누워서 양손바닥 어깨 수평으로
엉덩이 무릎 수직되게 발을 들어
발가락 몸 쪽으로 당겨
숨 아랫배로 깊이 들이마시고 멈춘다
의식을 허리에 두며
발뒤꿈치 오른쪽에서 왼쪽
넓게 반원 그리다 되짚어
다시 처음부터

기나긴 세월 동안 굳어진 관절
촉촉한 땀 점점 거칠어진 호흡으로
척추 마디마디 뭉치고
뒤틀어진 생애의 허리근육 풀다가
마음 다잡아 이 모든 동작
허공에 던지는 순간
뻐근한 세상사 새털구름으로
시공 잊고 가을하늘에 스러진다

조한석

2007년 《한류문예》 등단.

시집 「순간이 행복으로」 「강물에 흐르는 그믐달」 「물이 있어 바람이 일고」 등.

한국문인협회 상벌제도위원

구례에서 칠불사

조환국

2009년 《한울문학》 등단.

시집 『바다에 닿을 때까지』 『야생화 편지』 등.

한울문학작가상, 한국문학신문 기성문인회 최우수상 수상.

한국문인협회, 국제펜클럽 한국본부, 한국현대시인협회 회원.

섬진강 줄기 따라가는 길
노란색 빨간색 황금색
예쁘게 옷을 갈아입고
나 여기 있어요 한다

각자의 예쁜 모습을 보여주기 위해
봄부터 가을까지 비바람 따가운 햇빛은
모든 역경을 참으면서 예쁜 모습을
보여주는 나뭇잎들이다

우리의 사람들도
어린이에서 어른 될 때까지
모든 역경을 참고 이겨
나갈 때는 나중에
단풍잎 같이 예쁜
모습으로 나 여기 있어요
모든 사람에게 떳떳이
앞에 나갈 수 있었으면 좋겠다

풍경

한사코
비껴갈 줄 모르는
계절의
여울목

고갯마루
순아 같은
하아얀
억새풀 꽃

시월이 반쯤
건너간 채
허리 꺾였어도

내 마음은
늘
그 자리

주광현

2006년 《한국시》 등단.

시집 『세월이 흐르는 소리』 등.

전남문학상 수상.

전남문인협회 부회장, 전남수필문학회 회장, 영호남수필 전남지역회장, 시류문학회 회장 등 역임, 전남문인협회 이사, 한국문인협회 회원

사랑

청아 주영선

2013년 《크리스찬문학》 《아동문학》 등단.

시집 『화폭에 부는 향기』.

한국문인협회, 전남문인협회, 진도문인협회, 국제펜클럽 한국본부 광주지역위원회, 한국아동문학회 회원.

건드리면 터질 것 같은
풋풋한 숨결의 향연
베일 속 은막의 가림처럼

보일 듯
잡힐 듯
하늘 아래 저만치서 손사래 치네

가슴 깊이 저며오는 환희
아지랑이 피어오르는 수평선 너머로
가쁜 숨 몰아쉬며 달음질칠 때

보이지도 잡히지도 않는
끝으로 마법의 성으로
마음과 마음줄 한 아름 가득 춤추는 사랑

진달래

도깨비불처럼
무서운 불씨가
바람처럼 가볍게
이 산
저 산
건너뛰며 날아다닌다

밤에도
쉽게 꺼지지 않는 불
봄 내내
어질
어질
도깨비불에 홀려
정신 못 차리는 사람들

요술 방망이처럼
두드리는 곳마다
여기
저기
봄볕에 활활 타는 불꽃

주영애

2006년 《문학산책》 등단.

시집 『내 자리는 왼쪽이다』.

문후작가회, 이후문인클럽, 안양문인클럽, 한국문학비답사 회원.

다시 절두산(切頭山)에서

주원규

1977년 《현대문학》 등단.

시집 『절두산 시편』 등.

한국시인협회 심의위원, 한국기독시인협회 자문위원, 서울시단 대표. '응시' 동인, 은평문화원 및 학교법인 세원학원 이사.

1

절두산에서 또 하나 목이 떨어져나갔다
동체(胴體)는 나동그라져 사지를 떨며 버둥대었고
두개골은 떼굴떼굴 여러 번을 굴러
비둘기들 내려와 한가로이 모이를 쪼는
들풀들 가까이에 가 멎었다
멎기 전에 두어 번 더
불안스레 흔들렸다

새남터 어귀
양화진 강가
그때 나부끼던 들풀들 아니겠지만
그 들풀들 씨앗 움터 대대로 들풀들 되고
풀잎 끝끝마다에 서린 푸른 기운 시퍼렇게
살아서 강바람에 나부낀다, 흩는 숨결 감싸고
무디게 넘어지던 인간의 동체
돌멩이처럼 굴러내리던 두개골을 감싸고
산마루 아스라이 구름 떼들
빠른 걸음으로 몰려올 때
들풀들 강바람에 푸르게 나부끼는
절두산에서
또 하나
목이
떨어져나갔다

2

아무 흐느낌 소리도 들리지 않았다
바위가 깨어지는 일도 없었다
망나니 칼끝을 스치는 바람 소리뿐
피를 머금는 모래와 풀잎 서걱거림뿐
어둠이 어디로부터 몰려와 어떻게 지상을 덮는지
알지 못하는 사람들은 그냥
동체에서 아슬히 멀어진 수급(首級) 버려둔 채
홀홀히 발길을 돌리고 있었다
입안에 고이는 가래를 모아
칵 뱉아내는 망나니 얼굴만 벌겋게
떠올랐다

옥잠화

주창렬

2011년 《조선문학》 등단.
조선문학문인회 이사.

한번 예사롭게 지나쳤고
또 한 번 흘깃 스쳐간 것이
세 번째는 뜸들이며 머물게 하더라

댕기머리 온데간데없고
옥색 비단 치마저고리 두르고
쪽진 머리엔 하얀 옥비녀 얹혀놓았더라

화려하지도 칙칙하지도 않는 게
농익은 몸매 어드메 숨겨두고
풍아(風雅)한 숙맥(菽麥) 같은 여인이더라

길나장이 무심코 지나치는 도시의 숲
한쪽 응달, 여섯 꽃잎 속 간직한
향(香)만큼이나 정(情)도 품고 있었다더라

곰팡이 꽃

호기심이 빚어낸 숨은그림찾기
개천가에 널브러진 양심과 지성
그것들을 거둬갈 바랑은 어디 있는가
미로 속을 떠도는 진실은 어디가 종착역인가
쌓여만가는 집착
그것을 풀어놓을 커다란 광주리는 어디에 숨어 있는가
불확실한 시대 어쭙잖은 행동들
화려한 포장에 쌓인 눈먼 가식
달콤한 솜사탕에 저당 잡힌 채 현실을 왜곡한다
아무렇게나 버린 쓰레기더미 속
새록새록 찢겨나간 영수증 위의 깨알 같은 글씨
유효기간을 넘긴 새하얀 케이크 듬성듬성 뜯겨나간 자리
포도 시럽 덮고 날렵하게 포르르 일어선 곰팡이 꽃
모두 두 눈 부릅뜨고 산증인이 되어 힘차게 외치고 있다
회색빛 콘크리트에 갇혀버린 손짓과 발짓들
서로 마음을 따사로이 보듬어줄 때
굳게 잠긴 진실의 입은 고운 향내 풍기며 노래한다는 것을
세상은 아름다운 꿈을 그리는 도화지가 된다는 것을

채 린

2008년 《현대시선》 등단.

시집 『내가 가는 이 길이 혹 굽어 돌아도』 『그리움에 목이 아프다』 등.

한국문인협회, 동작문인협회 회원.

오르페우스의 거울

채수영

1962년 시조, 1978년 《월간문학》 등단.

시집 『내 그리움은 아직도』 등, 수필집 『정서사전』 등, 채수영전집(국학자료원) 20권, 비평집 『문학의 정신적 가치』 등.

미래시 창립회장, 전국대학 문예창작학회 초대회장, 한국문학비평가협회장, 신흥대(신한대) 문예창작과 교수 역임.

내가 내 무덤 속을 들여다보고 놀래듯
거울 속에서 나는 도망갈 눈짓을 보낸다
더구나 아직은 거기 없는 나무뿌리가
내 주검의 갈빗대와 허벅지 새로 얼기설기 엉겼을 때
한 줌 고춧가루라도 뿌려놓고
무사히 마누라의 품으로 돌아갈 수 있다지만
거울 속이 더러 텅 비었을 때
나는 그 앞에서 귀로(歸路)를 잃는다

방아쇠를 당겨야 죽는다는 건 사치다
하지만 총부리를 겨누는 이유가
참말로 가슴에서 나오는 소리였음
그냥 죽음이 편하리라

문지방에 앓아눕는 나의 육신(肉身)을
한 옆으로 밀어내며
나는 날마다 잠을 청한다
총부리에 연기가 뭉싯거릴 때
비로소 나는 내 식지(食指)를 확인한다

떨어질 줄 모르는 나뭇잎이 어디 있는가
말할 것이 있거든 그 입을 다물어라
볼 것이 있거든 놀래 달아나는 바람을 따라가라
머물러야 할 일이 있거든 달아나라
여윈 손으로 불멸의 비파(琵琶)
그 일곱 줄을 어루만지며
공범자의 술잔을 높이 들고

떠나버린 노래에 새 곡조를 얹을 뿐
내게 할 말이 없을 때
거울 속은 늘 밤안개로 뒤덮인다

남강(南江)에서

최경숙

1996년 《순수문학》 등단.

시집 『길 하나 등을 굽히고』 등.

한국문인협회, 한국시인협회, 국제펜클럽 한국본부 회원, 창원대학교 국문과 강사.

강이 흐르는 소리
귀 기울여 들어보면
그대 가락지마다 맺힌 울음소리
그 울음소리
굽이굽이 세월을 돌아
내 곁에 앉았다

촉석루 난간 베고 누운 강 머리맡에
그 옛날 벗어놓은 그대 신발
물길에 휩쓸려 떠내려가고
수백 년 조선의 한 뼘 가슴에 남겨진 건
물에 젖어 떨고 있는 불같은 그대 사랑

그대 바로 불꽃이었구나
얼마나 숨차게 달려야 그대 곁에 갈 수 있을까
아득히 푸른 강물에 뛰어들면
그대 손가락 마디마디 불타는 가락지
하나 건질 수 있을까

강물 깊숙이 가라앉은 그대 가락지
하나 줍다가
열아홉 적 그대 닮은 불꽃
하나 줍다가
내 한 뼘 가슴에 흐르는 강

가을

바스락 바스락
단풍 구르는 소리에
행여나 귀 기울여보는
어리석은 마음
어느 누구 올 사람도
아무 기약도 없는
막연한 기다림
이것이 가을의 마음이련가……

푸덕푸덕 잎 떨어지고
우수수 모두 떠나가는 계절
가을!
그 가을에
허공을 서성이는 사념
끝 간 데 없이 헤매이누나

멀리 개 짖는 소리
조용한 내 마음에
돌 하나를 던진다

최상준

2008년 《창조문학》, 2012년 《문예운동》 등단.

시카고시립대 전자공학 학과장 역임, 한국문인협회, 시카고문인회, 미주문인회 회원, 창조문학 운영이사.

구절초

청담 최상화

2012년 《아람문학》 등단.

아람문학 문인협회, 한국문인협회 회원.

향기로운 바람 따라
하늘이 높아질 때

귀뚜라미 소리 들리고
찬 이슬 내리면

초라한 모습으로
살며시 내민 얼굴

산등성이 들길에서 만난
해 맑은 시골 처녀

뜨거운 여름 햇볕
서리 맞으며
더욱 아름다워졌구나

파란 하늘 닮은
너의 모습이
정말 청아하구나

바다와 사람

드디어
점화되었다
타다닥
비명을 지르며 바다 위로 치솟는 불꽃 환호 소리와 손바닥 부딪치는 소리 갓 펴올린 조개들이 탐욕스런 입안에서 맛나게 난도질당하는 사이 다시 불씨가 장작 더미에 꽂히자 와 하는 함성이 들리고 자랑스러운 듯 재빨리 달아나는 소년의 모습이 묘하게도 유리창에 부딪치며 교차할 때 순간 짧은 비명이 들렸다
신음 같기도 하고 일순 나는 그게 조개들의 비명이라고 생각했으나 그건 몰래 훔쳐본 나의 입에서 터져나온 비명이었다는 사실이 조금은 당혹스럽기도 하다 자기가 하면 낭만이요 남이 하면 비행이라
바다는 여전히 아무 말이 없다 파도가 치기 시작하더니 점점 더 거세지고 갑자기 비를 뿌리기 시작한다 이제 채재가 되지도 못한 나뭇더미가 치직 힘겨운 소리를 지르며 맥없이 물속에 서서히 잠기고 나는 밤새 앓는 소리를 낸다

최애자

2007년 《문예사조》 등단.
시집 『다시 눈뜬 아침』.
한국문인협회 회원.

차 한 잔

차샘 최정수

2006년 《문예한국》 등단.

한국문인협회, 대구문인협회, 일일문학회 회원. 茶文化연구가, 한국홍익茶文化院 원장.

한바탕
불이 되다가
바람이 되다가
한 그루 자생 차나무가 되다가
언젠가는
자유로운 나비가 되고 싶다

온종일
들꽃만 바라보다
산자락에 지천으로 핀 무명초 하나와
눈이 맞는다
무명의 영롱한 눈빛에 한동안 몰입하다
이내
허무와 만나는 기쁨인 것을

아, 입으로 가슴으로
때론
온몸으로
차 한 잔 마시고
가는 인생……

가로등

날벌레 떼
할퀴고 간 상처
비바람에 씻었지만
가느다란 몸매에
신음으로 남았다

만남보다
이별이 아름다운
욕망의 그늘에서
지켜야 할 그리움 있어
행복한 나날들

머물고 싶어도
머물 수 없는 약속
아쉬운 발길 옮겨도
토해놓은 긴 한숨
아침 햇살에 잠들까

빛과 어두움
타협할 수 없는 경계에서
그대가 펼쳐준 길
싫어도 아니 갈 수 없는
점점이 찍힌 인생의 길

최창재

2009년 《순수문학》 등단.
시집 『아침이 가는 길』 등.
문학공간상 수상.
한국문인협회 지적재산권옹호위원, 아가페문학회 회원.

속이 들어차다

최현희

2007년 《문예춘추》 등단

시집 『아름다운 말에는 향기가 있다』 등.

허난설헌허균문학상, 윌리엄 버틀러 에이츠문학상 등 수상.

국제펜클럽 한국본부 이사, 한국문인협회 재정협력위원, 여성문학인회 이사, 파란나라 어린이집 이사장.

배추를 소금에 절이기 위해 반을 자르면
노란 꽃처럼 가지런히 꽉 들어앉은 속
성장의 수고를 더듬게 한다
겉잎이 처지지 않도록 짚끈으로 묶어준다
사람도 중심이 실하고 부실함 정도를
몇 번 대해보면 알 수 있는 것처럼

속을 채운다는 것은
단숨에 이루어지는 것이 아니다
자신의 노력과 주변의 도움이
함께 이루어내는 합작물이다
가장 중요한 것은 자신을 발전시키려 하는
끊임 없는 의식전환이라 할 수 있다
노란 배춧속이 가득 들어차 있는 것처럼

풍장(風葬)

풍장으로 남길 자리 잃고
끓어오르는 내 영혼 싸안고
참으로 갈길 모르겠구나
마음과 달리 할 수 없는 일 너무 많아

방대한 개발에 밀려 헉헉 차오르는
유증기의 뜨거운 숨소리
그만 멈추게 할 수 없을까

유배객의 귀양지였을
이 자리가 탐났던 건
나뿐이 아닌가봐

아, 기나긴 하루
비스듬 또 지나가는 하현달

편효성

2008년 《모던포엠》 등단.

불교문학상, 모던포엠문학상, 다산목민문학대상 등 수상.

《불교문학》 편집주간 역임, 한국문인협회, 《불교문학》 이사, 문학박물관 기획실장.

손자들

一松 한길수

2009년 《현대문예》 등단.

시와 산문집 『낙수첩』 제5집 발간.

시우문학상 수상.

서울시우문인회 회장, 한맥문학가협회 이사, 광진구문인협회 자문위원.

코 흘리며
두 팔 벌려 안아달라던 놈

초등학교 입학하더니
태권도 단 땄다고
격려금 받으러 달려오더니

중학생이 되자
아주 머리가 커져서
전교에서 상 받았다고
냉큼 달려와
할아버지 주머니를 축냈다

고등학교 올라가자
역사시험
한자시험
전교에서 일등이라고
할아버지 주머니 단위가 달라졌다

대학생이 되면
할아버지 콧노래 부르며
기둥 하나 뽑아서 팔아야겠다

고독

들고양이
포도(鋪道) 옆에 넋을 잃고 앉았다

집도 없이 자유로운
따스한 겨울 낮
졸음은 솜사탕처럼 부드럽다

따듯한 아랫목도 없고
애써 찾는 주인도 기억에 없어

자유로워,
너무 자유로워 슬퍼지는
고막을 찢을 듯한 포도 옆에서
차라리, 넋을 잃고 있다

한승민

2004년 《문학공간》 등단.

한중대 국제교류원장, 학생처장, 대학원장 역임, 한국시인연대 동인, 한국문인협회 회원.

봄비

허말임

2005년 《문학산책》 등단.

시집 『따라오는 먼 그림자』 『저 낮은 곳의 뿌리들』 『마음에 틈이 있다』 『소리에 젖다』 등.

불교청소년도서저작상 수상.

한국문인협회, 안양문인협회, 문후작가회, 이후문인클럽 회원.

처마 끝 낙숫물 차락차락
떨어지는 밤은 분주하다
맨발의 어머니는 논과 밭으로
푸른 전화선 길게 늘어놓고
젖은 마음만 흙 속에 교신한다

가로등 불빛 받아
빗줄기 은빛으로 내리는 밤
미닫이 사이로 스며드는
생명의 소리 아우성치듯
걸어 다닌다

물기 없는 마른기침만
일어나는 어머니 동그마한 몸
내릴 뿌리조차 말라버린
生의 발끝에서 벗어둔 고무신만
섬돌 위에 가지런하다

두 갈래 길 위
똑똑 떨어지는 낙숫물
태어나고 소멸하는 소리 분주한
어머니 밤은 길기만 하다

봉황이 노는 승산마을

허혜자

2008년 《시사문단》 등단.

시집 『푸른 나무』 등.

시예술상, 시사문단동인문학상 등 수상.

국제펜클럽 한국본부, 한국문인협회, 한국문예학술저작권협회 회원.

아버지 곰방대 물고
어린아이에게 말하던
곰방대 연기에 서린
마을 자랑

기세마저 당당한
봉황이 날아오르는
마을이었네

승산의 물줄기는
남에서 북으로 흐르는
발복의 곳이라네

아름다운 동산으로 둘러싸인
기와집 모여 있는 동네
긴 머리 땋은 처녀들
연정 연당을 돌아가네

동산 바윗돌에
피리 부는 소년들

동구 밖
염창강 관란정이 아름다워라
봉황이 노는 승산마을

편지

허회식

2011년 《대한문학》 등단.
시집 『천둥소리』 등.
한국문인협회 회원, 글빛 동인

가을엔
짧은 햇살이 긴 그림자로
헛기침을 쏟아놓는다

지난 세월
그 수많은 인연
사랑을 꿈꾸고
거짓말처럼 떨어지는 낙엽을 밟으며
길을 간다

시리도록 맑은 하늘에
참말 같은
희망적인 마음 띄우고
뒤안길에 시간의 껍질을 벗기면

바람결에 일어서서
곱고 고운 언어의 빛깔로
편지를 쓴다

거울 앞에서

한 올씩
희어져가는 네 영혼의 세치는
누가 만든 시간들의 변질된 젊음이냐
바람이 불지 않아도
길은 구부러지고
한 번도 펴지 못하고 걸어온 그 길
곧고 빠른 고속도로를 두고서
신작로를
덜커덩거리며
숨 가쁘게 달려온 길

네 정의의 길은
얼마나 깊기에
골처럼 마른주름이 거울에 박혀 있느냐
바람이 뽑아버린 정수리언덕에
편안히 드러누워 늙어가는 햇살
늙지 않는 거울 속에서
나는 늙어가고

현용식

2004년 《현대문예》 등단.

시집 『남자가 임신을 한다면……』 『설문대할망의 오르가즘』 등.

한국문인협회 지회지부협력위원, 제주문인협회 편집위원, 창작21 작가회 이사, 과학기술인 등록(미래창조과학부).

까치집

홍기연

2014년 《문학세계》 등단.

한국문인협회, 광화문사랑방시낭송회, 광명문인협회, 목란문학회 회원, 코리아트래블즈 이사, 서울전세버스조합 전무이사.

집 앞 미루나무에
올해도 까치부부가
새롭게 집단장을 하고 있다
작년에 지은 집 위에
이 층으로 증축하는 걸 보면
자식 부부를 딴 살림 차려줄 모양이다

창문을 남쪽으로 내어 따뜻하고
이따금 태풍에 내둘려도 끄떡없다

한여름의 장마와 무더위를 피할
지붕 물막이 공사를 안 하는 것 같아
괜히 걱정 되지만
건축비 마련을 위해 빚을 안 내도 된다니
우리들은 그저 부럽기만 하다

오늘은 흔들리는 까치집에 올라가
모든 시름 털어버리고
낮잠이나 실컷 자고 싶다

가을

먼-덴 차가운 바람 일어
겨울을 몰고 오고
지금 뜨락엔
모인 마음이 눕는다

새들과 꽃들의 이야기를
모으려는
마음처럼이나 가을은
철부지 아이들의 손놀림

추심(秋心)은 죽음으로
매여나 추수 끝난 벌판에
허수아비로만
우뚝 서다

가을은
철부지 아이들의
손놀림처럼이나
슬픈 것

홍중기

1982년 시집 『아기 걸음마』로 작품활동 시작.

국제펜클럽 한국본부 이사, 한국문인협회 회원, 개인 포엠콘서트 6회 개최, 베트남 나트랑 사이공방송국 근무.

고향집

황문식

2005년 《한국문인》 등단.

국제펜클럽 한국본부, 한국문인협회, 한국경기시인협회, 경기문학인협회 회원.

눈 감으면
금방이라도 내달을 것 같은
고향집 너른 마당

탐스럽게 익은
감나무 아래
얼굴 붉힌 고추 뒤척이고 있다

'어머니 저 왔어요'

깨 터시던 어머니
먼지 쓴 앞치마 털며
요기할 것부터 찾으신다

모시밭

나는 작아
모시밭에 숨곤 했지

가까이 산밭엔 아버지 쟁기질 소리
쇠방울 소리 뿌리며 황소만 힘들겠네
고무신 소리 자박자박 개울가 어머니
반대기엔 빛바랜 모시 적삼 두어 벌
때 저린 속살 내음이 피어난다

모시밭 사이로 흐르는 가마솥 타는 냄새
순천댁 점심은 오늘도 고구마인가
밥상엔 덩그런 김치 한 사발
언제나 그것이어도 얼굴 맞대고 웃을 수 있어
행복도 하여라

모시밭 새로 파르스레 하늘이 깔리고
종다리 두 마리 날고 있다
텃밭엔 옥수수수염 거무스레
서너 평들 논엔 참새 떼 모여드네

모시밭에 숨어 한나절 다 보내고
소나기 내려 아버님 장에 가시면 집에 가야지

황진주

1990년 《문예사조》 등단.

시집 『고래도 슬픈 날에는 깊은 바다에서 엉엉 운다』 『훔친 사랑 맛보기』 『다음 괄호 안에 답하시오』 『열아홉 그 이듬해』 『새벽의 파수꾼』 『그나마 창문 하나 있는 것이 얼마나 다행인지』 등.

연가

황현동

2007년 《한국시사》 등단.

한국문인협회, 서울강동문인협회, 학국불교문학회 회원, 40년 교직생활 후 정년퇴임.

뒷산 진달래 숲에
연분홍 꽃불이 번지면
애타게 님 그리며
목이 잠기도록 구슬피 우는
접동새가 됩니다

미리내 건너
정처 없이 흘러가는 조각달 하나
언젠간 오시겠지
님 찾아 하염없이 노 젓는
옥토끼가 됩니다

내 님 발자국 소리인가
낙엽 떨어지는 달밤
갸날피 속삭이는 실바람 소리에
귀를 쫑긋 세우는
귀뚜라미가 됩니다

목화송이같이
포근한 함박눈이 내리는 밤
비탈진 산길로 마중 가는
착하디착한
수사슴이 됩니다

산사의 아침

솔숲 사이로 햇살이
금빛 싸라기로 내리우면
초록은 이슬로 세수하고
영롱한 눈빛 금강의 경전을 읊네

부겐베리아는 매일 아침
산사의 샘물을 받아 마신 보답으로
붉은 광명 자욱하게 깔며
명상의 향기차를 마셔라 하며

도량을 둘린 솔숲에서
풍성한 미소를 긋는 솔가지를 딛고
천사새들이 오늘의 충만을 환희하네

그윽한 아침
시방 법계의 진면목을
앉은자리에서 두루 만나네

효향

2006년 《문학공간》 등단.
시집 『사랑꽃으로』 등.
새시대문학작가상 수상.
한국문인협회 회원.

한국시인 출세작 1

발행처 · 한국문인협회 시분과
발행인 · 문효치
편집위원 · 김창완(편집위원장) | 이향아 | 임애월 | 채수영

제작판매 · 사단법인 한국문인협회 THE KOREAN WRITERS ASSOCIATION · 청어
대　표 · 이영철
영　업 · 이동호
기　획 · 천성래 | 이용희
편　집 · 방세화 | 김명희
디자인 · 김바라 | 서경아
제작부장 · 공병한
인　쇄 · 두리터

등　록 · 1999년 5월 3일(제22-1541호)

1판 1쇄 인쇄 · 2015년 10월 10일
1판 1쇄 발행 · 2015년 10월 20일

주소 · 서울 서초구 효령로55길 45-8
대표전화 · 586-0477
팩시밀리 · 586-0478

홈페이지 · www.chungeobook.com
E-mail · ppi20@hanmail.net
ISBN · 979-11-5860-365-6 (04810)
979-11-5860-360-1 (04810)(세트)

『한국시인 출세작 1』에 수록된 작품에 대한 모든 책임은 필자에게 있습니다.
이 책에 수록된 저자 순서는 가나다순입니다.
이 책에 실린 시는 통상 기준으로 통일하여 편집하였으므로 원작과 일부 다를 수 있습니다.